Les Flammes Jumelles

En route vers Soi

Éditions Eyrolles
61, bd Saint-Germain
75240 Paris Cedex 05
www.editions-eyrolles.com

Mise en pages : Sophie Charbonnel
Relecture/correction : Marie-Agnès Le Roux
Illustrations : Christine Chauvey, sauf Shutterstock /researcher97 p.22 ; /liu_miu p.125 ; /Parkheta p.127g ; /stockmatic p.127d ; /Elfhame p.129 ; /artellia p.189.

ISBN : 978-2-416-00372-1

Daisy BODIN et Julie BODIN

Les FLAMMES JUMELLES

EN ROUTE VERS SOI

Illustrations de Christine Chauvey

Éditions
EYROLLES

Sommaire

Introduction

Lorsque la Source divine – certains l'appellent le Grand Tout, l'Univers, Dieu… – crée une âme, elle peut aussi décider de la scinder en deux polarités. C'est de là que naissent les flammes jumelles. Une même âme pour deux entités qui vont s'incarner sur Terre dans deux corps distincts. Les différentes expériences accumulées et émotions ressenties à travers les épreuves et les défis de chaque parcours de vie permettront à l'âme d'acquérir des sagesses dans l'amour divin, dans l'amour inconditionnel et dans l'amour universel.

Ainsi, l'incarnation de chaque âme a pour but précis de progresser vers une plus grande sagesse. À travers les épreuves de la vie – qui sont parfois d'une extrême intensité –, nous sommes appelés à cheminer vers la tolérance et à retrouver la voie de l'amour envers soi-même et envers toute chose. Nous apprenons à être plus patients, bienveillants, accueillants, nous ouvrant aux dons du cœur, au partage, à l'entraide, aux communications non-violentes…

Toute relation nous amène, tout simplement, vers la compréhension de l'amour tout en mettant en évidence les grandes valeurs de la vie. C'est pourquoi nous sommes amenés, lors de ce parcours initiatique, à rencontrer des âmes sœurs, des partenaires de vie, à vivre des relations familiales, sentimentales, amicales et même professionnelles qui peuvent être porteuses de joie mais aussi de tourments, de souffrances et de conflits.

Chaque rencontre, chaque expérience est source d'apprentissages et d'enseignements permettant à l'âme d'évoluer et de s'enrichir. Toutes les personnes que nous sommes amenés à rencontrer dans notre vie jouent un rôle décisif, nous guidant ainsi vers la meilleure expression de nous-même, vers notre authenticité et la libération puis guérison des blessures passées.

Incarnées chacune dans un corps distinct, les deux flammes jumelles vont dans un premier temps cheminer individuellement, sans avoir connaissance de l'autre, ni du lien, ni du parcours, ni des enjeux. Chaque flamme expérimente la vie et s'inscrit pleinement dans sa polarité, dans son individualité et sa singularité. Les défis lui permettent de façonner sa personnalité et son mode de fonctionnement, son mécanisme de défense et de survie vis-à-vis de l'environnement dans lequel elle est amenée à avancer. Les deux flammes étant de polarités différentes, elles vont bien souvent développer des modes de fonctionnement et des schémas de pensées très distincts, parfois même totalement opposés, tant leurs environnements (religions, conditionnements sociétaux, classes sociales, relations parentales…) diffèrent profondément.

Lorsque les deux flammes jumelles se rencontrent, il se produit une « reconnexion », une reconnaissance. Les deux polarités ressentent alors une émotion très intense et qui n'est pas forcément liée à la passion ou à une attirance physique. Les deux flammes sont éveillées à la profondeur d'un lien énergétique et spirituel – non expérimenté auparavant – qu'elles ressentent au plus profond d'elles-mêmes et qu'elles ne peuvent expliquer par la raison. Il s'agit d'une évidence que l'autre est « Soi », que l'autre est une part de Soi, son miroir complémentaire, amenant à percevoir une forme de complétude en étant en présence de sa flamme, enfin réunies et enfin complètes.

Une fois la reconnexion effectuée, c'est une nouvelle dynamique de lien qui s'installe où chacune va être amenée à revoir sa manière de vivre pour s'inscrire dans une démarche d'amour inconditionnel de Soi et de l'autre. Le cheminement, non-conventionnel, des flammes jumelles s'enclenche alors avec un objectif multiple :

- passer du « par-être » (paraître) à l'être en se libérant des limitations et blessures ;
- oser exprimer sa singularité, sa puissance et sa pleine liberté d'être ;
- ramener chacun dans sa mission de vie et sa mission d'âme ;
- retrouver ou trouver sa pleine autonomie, son indépendance totale et notamment affective ;
- vivre dans l'unicité intérieure : construire un équilibre entre ses polarités et ses multiples facettes tant ombres que lumières ;
- être pleinement dans l'amour de Soi et des autres.

Dans un dessein plus grand, l'objectif est de porter l'humanité vers son éveil spirituel grâce à des êtres de lumière (travailleurs de lumière) aux valeurs de tolérance, de paix et d'amour véritable et universel. Ainsi la grande mission des flammes jumelles, une fois réunies, est de rayonner de leur complétude et de prendre part à des missions collectives, humanitaires, écologiques… permettant de faire grandir notre civilisation moderne.

Cet ouvrage apporte toutes les informations sur le processus d'éveil et de conscience des flammes jumelles tout en proposant des ateliers permettant de dépasser les plus grands défis qui se présentent pendant ce parcours.

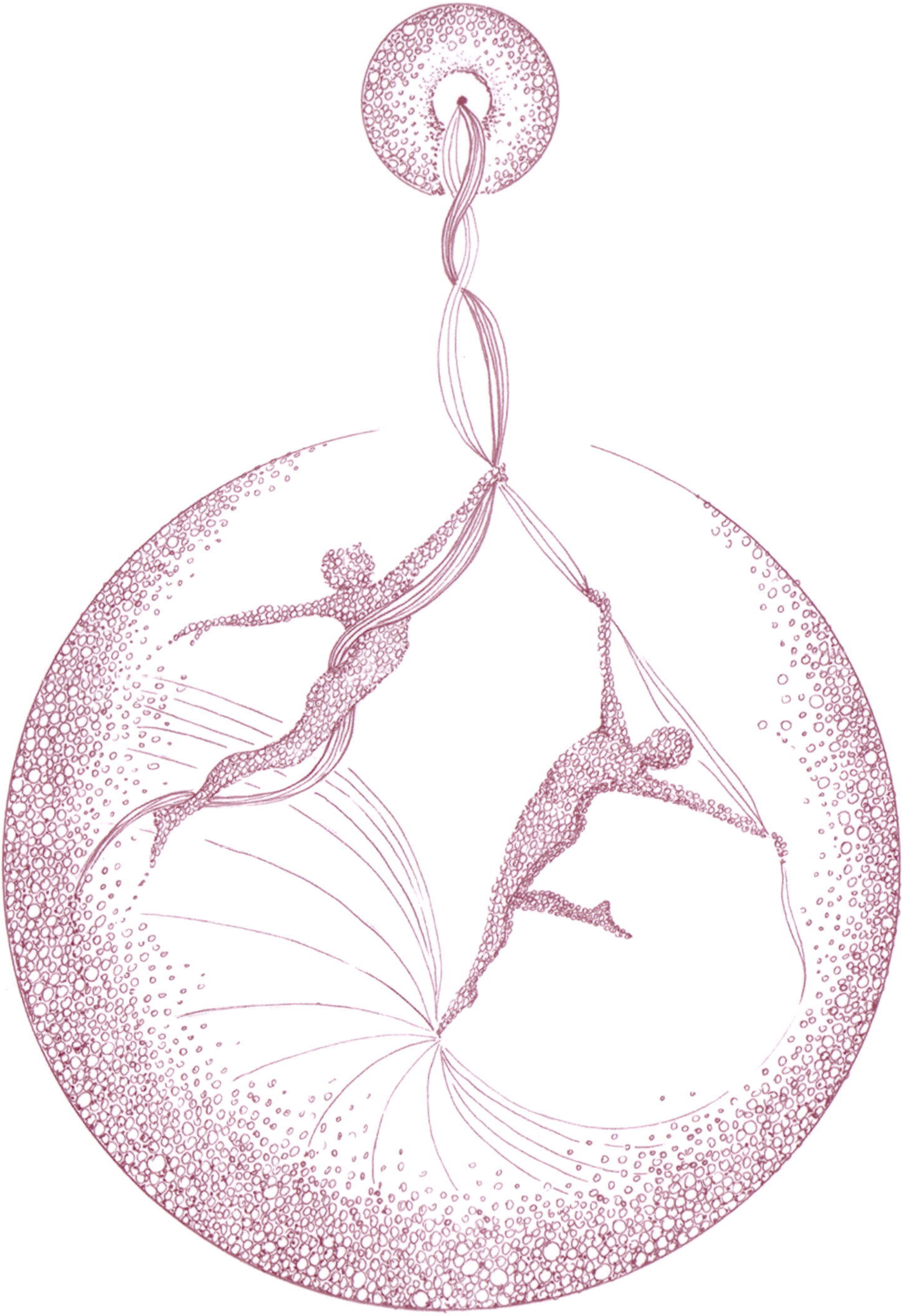

I

La dynamique

Vous l'aurez compris, cette relation que vous avez avec votre flamme jumelle est unique et sa dynamique est vraiment singulière, propre à ce duo que vous formez et au chemin défini avant votre incarnation sur terre. Avant chaque incarnation, les deux flammes définissent ce qu'elles vont vivre ensemble dans cette vie-là : tout est déjà écrit, la dynamique qui va se jouer dans cette vie est un pacte scellé entre les deux flammes. Dans cette partie, nous allons caractériser avec le plus de justesse possible le fonctionnement des jumeaux, mettre en évidence les grandes étapes du parcours et expliquer quel rôle vous jouez l'un vis-à-vis de l'autre. Il s'agit là d'une dynamique générale et, dans certains cas, vous pourrez percevoir des différences entre les faits exprimés et votre réalité. C'est tout à fait normal et juste puisque chaque duo interagit de manière spécifique et avec toute son unicité. Nous ne sommes pas tous identiques et nous avons nos propres fonctionnements, nos propres défis, nos propres limites et croyances. Néanmoins, au travers des différents témoignages de flammes jumelles, on a pu mettre en évidence de grandes généralités, des étapes communes à chaque parcours permettant d'identifier une base propre au fonctionnement des flammes jumelles.

CHAPITRE 1

◑

Qu'est-ce que les flammes jumelles ?

Qu'est-ce qu'une âme ?

Souffle spirituel primordial à l'origine de la vie, l'âme est à la source de toute incarnation. Elle constitue le Soi qui est immuable, éternel et immatériel. En s'incarnant sur terre dans un corps physique – son véhicule à obsolescence programmée qui lui permet de vivre sur terre –, l'âme va accumuler des expériences de vie, ressentir des émotions, apprendre à surmonter des situations, acquérir des forces, tout cela dans un but unique : celui d'évoluer et d'augmenter sa lumière. Ainsi, chaque incarnation est dictée par le choix fait par la Source et l'âme d'une expérimentation spécifique de la vie, avec une mission précise. Tout ce cheminement sur terre va lui permettre également d'incarner sa lumière singulière et pure et de l'offrir au monde.

Afin d'être certaine que l'incarnation choisie et voulue lui confère tous les enseignements nécessaires, l'âme va déterminer les détails propres à son incarnation : notre foyer, notre lieu de vie, nos parents, nos amis, nos expériences, nos épreuves, nos accidents de parcours… rien n'est laissé au hasard puisqu'elle veut être certaine d'arpenter le chemin de vie qui lui conférera les enseignements recherchés.

Que sont les flammes jumelles ?

Les flammes jumelles sont le résultat de la scission d'une seule et même âme en deux entités différentes porteuses chacune d'une polarité spécifique – yin et yang. L'objectif de cette scission est de permettre à chaque polarité, lors de son incarnation, de réintégrer par elle-même la polarité « manquante » et ainsi retrouver sa pleine unicité, sans avoir besoin de son jumeau pour se sentir complète.

Cette séparation en deux de l'âme engendre aussitôt ce que l'on appelle la « blessure originelle » qui va être différente pour les deux entités créées : la blessure d'abandon pour la polarité yang et la blessure de rejet pour la polarité yin. Ainsi, dès la division, chaque jumeau, de par sa polarité, sera marqué par sa personnalité propre, son fonctionnement dissimilaire, une première blessure énergétique et vibratoire forte et un parcours spécifique à entreprendre pour le mener vers sa complétude. Ces deux entités sont donc différentes mais hautement complémentaires.

En effet, en raison de leur polarité différente, les jumeaux vont s'incarner dans des schémas de vie différents, au sein de foyers aux particularités propres, avec des expériences de vie spécifiques qui vont les amener à se forger leurs propres personnalités, à vivre et ressentir leur blessure originelle au plus profond d'eux-mêmes et à adopter des comportements de protection spécifiques. Ainsi chacun va se doter de croyances, connaîtra des blessures et des manières de fonctionner, de vivre, de réagir très différentes de celles de l'autre, propres à sa polarité.

Ce sont donc bien deux individus complémentaires, certes, mais très différents l'un de l'autre qui vont être amenés, à un moment donné, sur leur chemin de vie, à se rencontrer.

Les flammes jumelles sont de vieilles âmes qui se sont incarnées de nombreuses fois au cours des différentes ères de l'humanité (Antiquité, Moyen Âge, Renaissance…) et certainement pendant la période des Atlantes. Chaque flamme va s'incarner de manière individuelle et sans nécessairement la présence du jumeau. Les flammes jumelles s'incarnent dans plusieurs vies, certaines avec leur jumeau, certaines sans. Naturellement, elles vont être amenées à se rencontrer dans certaines incarnations, sans pour autant connaître le lien qui les unit. Dans cette incarnation, la notion de « flammes jumelles » est enfin mise en lumière et révélée aux jumeaux en raison de la nécessité pour la terre Gaïa et la Source de voir se réunir les duos de flammes jumelles dans un but vertueux de progression de l'humanité.

De ce fait, il existe un lien indestructible qui relie et unit les flammes jumelles d'un même duo. Ce lien énergétique se situe principalement au niveau du chakra du cœur et, plus les flammes évoluent, plus le lien se ressent au niveau des différents chakras. On parle aussi de « contrat karmique » ou de « contrat d'âme » entre les deux flammes qui devront un jour se réunir et fusionner, lorsqu'elles seront chacune parvenues à une certaine complétude respective.

Les relations d'âme

À chacune de ses incarnations, l'âme décide de collaborer avec d'autres âmes dans un but d'évolution, d'expériences et d'enrichissement. Il peut s'agir de relations amoureuses, amicales, familiales ou professionnelles, positives ou négatives. Les rencontres sont de ce fait non fortuites, décidées avant l'incarnation dans un contexte spécifique avec un objectif défini ensemble. On parle ainsi de « relations d'âme » ou de « liens d'âme » qui peuvent être de différentes natures :

1/ Âmes sœurs

Les âmes sœurs sont des personnes entre lesquelles existe une affinité extrême, et ce dès la rencontre. Le lien est profond et très doux, les similitudes sont multiples et elles partagent une connivence sur tous les points. Tout est fluide, simple, évident, léger, vrai, sincère. Il peut s'agir d'une relation familiale, amicale ou sentimentale qui unit les deux personnes sur une durée assez longue. Lorsqu'il s'agit d'une relation amoureuse, celle-ci est très lumineuse, source de plaisirs constants, nourrie de partages, de complicité et orientée vers la même direction. Il s'agit d'une relation très positive, avec peu de heurts, chacun avançant sur son chemin en étant épaulé par l'autre, dans une confiance réciproque.

2/ Âmes jumelles

Les âmes jumelles sont deux âmes qui partagent une même facette de leur personnalité, une partie de l'âme de l'autre. Au cours de leurs incarnations successives, elles se retrouvent toujours, et ce dans le but permanent de faire grandir chacune d'elles. Ainsi dans une même incarnation, on peut être amené à retrouver plusieurs âmes jumelles avec lesquelles on partage un sentiment de déjà-vu, une impression d'un passé karmique commun fortement ressenti. Lors de la rencontre, une attirance forte se produit qui peut être sentimentale ou d'une autre nature. Le chemin parcouru ensemble est à la fois doux mais également jalonné de défis à relever. Car, contrairement à l'âme sœur avec laquelle on parcourt un chemin harmonieux et constant, avec l'âme jumelle il y a des blessures et des situations karmiques à régler. La relation est donc plus « challengeante ».

3/ Flammes jumelles

Comme nous l'avons déjà vu, les flammes jumelles sont issues de la scission d'une même âme en deux, avec une prédominance polaire définissant chaque flamme. Le lien qui les unit est très fort, incassable. D'un point de vue vibratoire, il s'agit de la relation la plus haute qui puisse exister entre deux personnes. La reconnexion entre les deux flammes jumelles est d'une intensité énergétique incroyable, offrant aux deux flammes la possibilité de retrouver cette autre part de Soi. L'autre est vraiment Soi, bien que sa manière de fonctionner soit très différente mais pourtant complémentaire à la fois. La dynamique de la relation est très spécifique au duo. Leur objectif commun est de fusionner à l'issue des incarnations successives qui auront permis à chaque flamme d'accéder à la complétude et à leur réunion. Le pacte scellé ensemble est d'aider l'autre à revenir à Soi et à réintégrer cette part que l'autre possède. Malgré les situations blessantes et sources de souffrances que l'autre réactive malgré lui via *son comportement, chaque flamme nourrit une affection douce et sincère pour l'autre, un amour inconditionnel qui perdure quelles que soient la distance, les difficultés et l'absence de l'autre.*

4/ Flammes jumelles universelles

Les flammes jumelles universelles sont des flammes jumelles qui ont une mission commune à accomplir, pour notre terre Gaïa et pour l'humanité. Leur chemin initiatique de flammes jumelles a notamment pour objectif d'aider à élever le taux vibratoire de notre planète et ainsi amener l'humanité à une conscience spirituelle plus présente. Les flammes jumelles universelles vivent les mêmes étapes du parcours d'éveil que les autres flammes jumelles, toujours dans un but commun : se retrouver Soi et réintégrer cet équilibre en Soi des deux polarités yin et yang.

CHAPITRE 2

Les fonctionnements de chaque polarité

Qu'est-ce que le yin et le yang ?

Issus des principes fondamentaux de la philosophie chinoise, le yin et le yang représentent les deux forces ou aspects opposés et complémentaires, en interactions permanentes et qui forment un ensemble équilibré.

Le yin, qui signifie « ombre », est la force passive, réceptive. Cette polarité est liée à la Lune, à l'eau, au féminin, à la créativité, à l'intuition, à la clairvoyance, à la douceur, à la sensibilité, à la sexualité et à la sagesse. Elle est reliée à la terre, aux rythmes de la vie et à l'incarnation terrestre, symbolisée par le corps physique et l'organe sexuel. Le yin est représenté en noir sur le symbole taoïste.

Le yang, qui signifie « lumière », est la force active et émettrice du mouvement, de l'action. Cette polarité est liée au Soleil, à la protection, au réconfort, à la sécurité, au masculin, au mental, à la puissance, à la logique, à la dureté et à la spiritualité. Elle est reliée au ciel et à l'Univers. Le yang est donc représenté en blanc.

Selon les principes taoïstes, ces deux polarités sont de ce fait intimement liées, s'opposent, se complètent et sont inséparables. Et ces deux forces cohabitent toujours ensemble. C'est la raison pour laquelle il y a un point blanc dans l'énergie yin et un point noir dans l'énergie yang.

Au cœur de chaque individu vont circuler ces deux énergies, yin et yang. Selon la personnalité de chacun, selon l'éducation, selon les expériences émotionnelles, la proportion de ces deux polarités va être propre à chacun. Ainsi, certains seront davantage marqués par une énergie yang et d'autres plus par une énergie yin. Mais, encore une fois, les deux polarités sont bien présentes en chacun et vont s'exprimer selon les situations vécues.

L'objectif est d'essayer d'équilibrer ces deux polarités en Soi pour se vivre pleinement et en harmonie intérieure et extérieure. En effet, l'énergie yin va permettre de percevoir les messages, de ressentir ce qui est juste, d'être dans la création de nouvelles idées, dans la conceptualisation de nouveaux projets. L'énergie yang, quant à elle, va permettre de mettre en forme, de poser les actes concrets favorables à leur réalisation. Ainsi, aucun ne peut exister sans l'autre, car les deux sont indispensables pour *être* et *faire*. Lorsque les deux polarités sont équilibrées, on ressent une plénitude intérieure, une douceur de vivre. On se vit pleinement et on interagit avec le monde de manière censée, douce, harmonieuse et bienveillante. Tout est alors juste.

Concernant les flammes jumelles, chaque jumeau va être caractérisé par une polarité dominante, liée à la séparation de l'âme en deux. Cette polarité poussée en chacun d'eux va être à l'origine de la dynamique entre les jumeaux, mais aussi des expériences que chacun va devoir vivre afin de transcender le parcours et les défis et réintégrer en eux la polarité qui fait défaut. Attention, cela ne signifie pas que le jumeau yang n'a pas de yin en lui ou inversement, mais que la polarité minoritairement présente et faiblement exprimée doit être reconquise. Et cette proportion est propre à chacun. Il s'agit de nuances. Chaque flamme est unique et chaque duo va interagir de manière spécifique.

Le fait est que la société actuelle, très yang, très patriarcale, a engendré des dysfonctionnements pour être toujours plus dans l'action, dans la force, dans la rigidité de la rigueur, dans la non-écoute de la nécessité de se ressourcer ou encore dans la déconnexion de ses intuitions et de ses émotions. Ainsi, on a étouffé l'énergie yin au profit d'une énergie yang disharmonieuse. Nous sommes poussés davantage dans le « faire » que dans l'« être ». Nous sommes dans l'obstination du dépassement de Soi, dans l'intransigeance face à la douceur. Être doux ou gentil, c'est être faible, être émotif, c'est être anormal, être dans la rêverie, c'est risquer d'être rejeté.

De ce fait, que l'on soit une flamme jumelle ou non, l'enjeu est effectivement de pouvoir rétablir cet équilibre en Soi pour revenir à la justesse de ce que nous sommes en tant qu'être humain, pouvoir ainsi fonctionner correctement, et être en paix intérieurement. Vous l'aurez bien compris, chaque polarité, yin et yang, doit retrouver un équilibre. La polarité yang devra rééquilibrer son énergie yang et déployer son énergie yin, tandis que la polarité yin devra rééquilibrer son énergie yin et déployer son énergie yang.

Le chaser et le runner

Au moment de la reconnexion (rencontre) dans une relation de flammes jumelles, on identifie le profil « chaser » et le profil « runner », en fonction de l'énergie dominante propre à chacun des jumeaux et qui conditionne son comportement notamment face au lien.

Le chaser

Le chaser (terme anglais signifiant « le poursuivant ») est celui qui porte l'énergie yang dominante. Ressentant pleinement que son jumeau est son autre, l'Amour de sa vie avec un grand A, il est celui qui va poursuivre de grandes ambitions, de grands rêves comme, notamment, celui de s'unir pleinement à son autre (le runner) pour matérialiser ce lien dans la matière et vivre cet amour à deux.

Son histoire

Le chaser est un enfant qui s'est construit le plus souvent dans un contexte familial assez complexe et qui l'a confronté à la blessure d'abandon – couplée bien souvent à la blessure de trahison –, et à l'insécurité. Il comprend très vite qu'il doit trouver les ressources en lui pour pouvoir s'adapter à son environnement et faire face aux défis de la vie. Si bien que l'enfant est amené très vite à développer une certaine forme de maturité, puisqu'il est obligé de réussir à survivre. Il va peu à peu bâillonner son enfant intérieur afin de ne plus être dominé par ses émotions et plus particulièrement par cette peur de l'insécurité. Et progressivement, au fur et à mesure de ses expériences, il va adopter une dynamique de contrôle, d'analyse des faits et des gens lui permettant de déceler les dangers et de s'en éloigner aussitôt. Comme son éducation l'a poussé à se dépasser, à ne pas être un enfant turbulent, insouciant ni léger mais, au contraire, à être davantage dans la responsabilité, dans l'attitude sage, adulte et normée, le chaser va être, en grandissant, davantage dans les « il faut », « je dois » et le « faire », plutôt que dans l'« être ».

Toute l'enfance du chaser a occasionné des dysfonctionnements profondément ancrés en lui dont il n'a, la plupart du temps, pas conscience et qui vont être mis en lumière très rapidement dès la fuite du runner.

Sur le plan du Karma, le chaser est la polarité qui s'est la plus incarnée dans les vies passées. Il a, de ce fait, multiplié davantage les expériences, acquis de nombreuses sagesses et relevé de multiples défis. Cependant, il est aussi marqué par de nombreuses blessures qu'il traîne de vie en vie et dont il est amené à se libérer et guérir dans cette présente incarnation. C'est notamment le cas concernant la blessure d'abandon. En raison de ses incarnations multiples et plus nombreuses que le runner, le chaser a de nombreuses blessures à guérir qui vont donc être toutes réactivées pendant son enfance et sa vie d'adulte.

Son tempérament

En raison de son vécu, le chaser s'est bâti un bouclier solide, tel un guerrier, lui permettant d'être dans la conquête de sa vie pour atteindre ses objectifs coûte que coûte. Il est pragmatique, les pieds pleinement ancrés sur terre. Il se donne en permanence les moyens de parvenir à ses fins. Il est en quête de perfection, de lui-même et de sa vie. Il a un objectif très précis de ce qu'il souhaite et il agit en conséquence. L'action est vraiment son énergie dominante. Il est très exigeant, intransigeant vis-à-vis de lui-même, souvent son propre bourreau.

La notion du temps est très importante pour le chaser. Le temps qui passe, sa ponctualité, le temps qu'il lui reste pour faire quelque chose, tout cela occupe une place majeure dans son existence.

Le chaser est animé d'une maturité intellectuelle et émotionnelle. Son histoire et certainement ses nombreuses incarnations passées l'ont poussé à se connaître dans son intériorité. Il a été obligé de faire un grand travail d'introspection. Il se connaît, connaît ses valeurs, ses forces, ses faiblesses. Pour autant, il fait fi de ses ressentis (émotions, intuitions…), les balayant d'un revers de la main parce qu'ils peuvent entraver sa progression. Il veut dépasser ses peurs et il repousse ses propres limites pour atteindre l'objectif qu'il s'est donné. Néanmoins, il va être dans le contrôle maximal de son environnement pour éviter de rencontrer des difficultés trop importantes. Tout est question de gestion, d'analyse, de compréhension, d'hypermentalisation des circonstances et de maîtrise, afin de se sentir en sécurité au quotidien.

Le chaser est ainsi dans le contrôle – avec une grande rigidité – de son environnement et des autres, en permanence.

Dans sa vie sociale, le chaser privilégie la qualité des relations plutôt que la quantité d'amis. Il sélectionne ainsi les personnes de son entourage. Il est instinctivement dans l'analyse du comportement et des propos d'une personne pour déceler son authenticité et sa sincérité et aussi évaluer le risque potentiel à le laisser s'approcher davantage de lui. Il protège son intimité et va donc être dans le contrôle. Ainsi, le chaser hiérarchise les personnes qui font partie de sa sphère privée et sociale, leur attribuant à chacune une place très précise et un degré de sentiment et d'attachement pondéré.

En revanche, le chaser offre beaucoup d'attention et d'écoute à ses proches. Il est dans l'offrande, dans le « faire plaisir » à l'autre, s'oubliant la plupart du temps et reléguant ses besoins après ceux des autres. Comme, étant enfant, il n'a pas eu le droit de s'écouter, de se privilégier lui, il est tourné en permanence vers les autres, persuadé que le bonheur des autres est primordial pour être aimé en retour. D'une certaine manière, il recherche l'approbation des autres, il veut que l'on soit fier de lui, que l'on reconnaisse sa valeur. Et pour parvenir à cela, il n'y a que deux moyens selon lui : s'investir totalement dans ce qu'il fait pour réussir et être dans la générosité permanente envers ceux qui comptent pour lui. En outre, par crainte d'être abandonné par les autres, il va filtrer ses paroles et éviter de trop se dévoiler.

Dans sa vie sentimentale, le chaser est dans le don de Soi, dans la générosité du cœur, dans l'expression de son amour à l'autre à chaque instant. Il exprime verbalement et physiquement tout l'amour que l'autre suscite en lui. Le chaser considère l'amour comme étant le Saint-Graal. Il place l'être aimé au plus haut, qui devient son tout. Et il s'épanouit dans l'effet miroir de l'amour qu'il donne à l'autre. Il offre sans compter, acceptant parfois des miettes d'amour jetées à la volée, tant que l'autre lui montre de l'attention, de la bienveillance. L'amour de l'autre est primordial pour le chaser car il lui confère la sécurité et la protection – tout ce dont il a manqué pendant son enfance –, si bien qu'il peut parfois être dans une certaine dépendance affective, espérant que l'être aimé va combler ses besoins d'amour et d'estime de Soi. Ce qu'il redoute le plus, c'est de donner de l'amour de manière exponentielle à l'autre mais que celui-ci l'abandonne en retour. Pour éviter cela, le chaser va être très à l'écoute de ses ressentis lors de la rencontre avec un potentiel amour et il ne s'engagera que s'il ressent que l'autre est prêt à s'investir sentimentalement avec l'honnêteté la plus complète. C'est pourquoi le chaser ne papillonne guère avec les autres. Il est davantage dans l'engagement, dans la durabilité des liens. D'ailleurs, le chaser a le plus souvent des relations sentimentales stables, durables, engageantes et constructives. Il s'est toujours éloigné des relations sans lendemain car ce qu'il souhaite, c'est vibrer l'amour avec l'autre, c'est la réciprocité du lien, et se sentir ainsi en sécurité.

Chez certains chasers, on peut observer une dépendance amoureuse forte qui peut occasionner des relations toxiques avec une personne ayant un comportement de « perversion narcissique ». Le chaser étant prêt à tout donner à l'être aimé, il peut avoir tendance à s'accrocher très fortement à un partenaire afin de recevoir un peu d'attention, d'amour et de protection, quitte à mettre de côté certains de ses besoins et certains principes, et en pardonnant facilement les agissements de l'autre qui le font pourtant souffrir. Il ne se rend pas compte qu'il est dans un comportement sacrificiel extrême vis-à-vis de la personne qu'il aime, acceptant parfois l'inacceptable, rognant parfois sur ses valeurs.

Son comportement avec son runner

Comme vu précédemment, le chaser est dans le don d'amour, dans la générosité envers celui qu'il aime. Lorsqu'il se reconnecte à son runner, le chaser ressent cet amour infini pour l'autre. Il ressent cette complétude parfaite, cette plénitude étourdissante. Il sait que c'est lui l'amour de sa vie, ce grand amour auquel il a toujours cru. Son runner éveille toute sa part yin, sa reconnexion à l'enfant intérieur. Il voit ce potentiel infini que contient l'autre en lui. Il voit sa beauté d'âme. Il le reconnaît. Et face à cet être aimé magnifique, il veut tout offrir, tout donner. Il va être dans l'extrême abondance d'amour. Il veut aussi protéger son runner de tous les dangers de la vie, lui permettre d'être heureux. Le chaser veut se dévouer totalement à lui, au bonheur de son jumeau. Celui-ci est son joyau, un précieux trésor de vie qu'il se doit d'aimer plus que tout. Il ne se rend pas compte que ce don d'amour extrême est étouffant pour le jumeau et qu'il prive le runner de sa pleine liberté d'être, liberté à laquelle il est très attaché. Le chaser ne se rend pas compte qu'il a tendance à exercer trop de contrôle sur l'autre, à être trop écrasant, et qu'il est dans le sacrifice de Soi. D'une certaine manière, il impose à l'autre un engagement parce qu'il a compris et sait ce qu'il ressent. Il ne laisse aucune alternative à l'autre. Pour lui, c'est tellement une évidence que ça ne peut pas être autrement. Et ce schéma de pensée et de comportement dysfonctionnel chez le chaser va être difficile à déconstruire. En effet, son ego prend alors les rênes, tentant de tout contrôler, tant et si bien qu'il ne va pas comprendre le comportement de fuite du runner, cette fuite poussant le chaser à être de plus en plus rigide, jusqu'aux limites de l'ego. Il va devoir lâcher prise et cela va le plonger alors dans une profonde souffrance liée à l'incompréhension ultime très déstructurante.

Ce portrait type du chaser est à nuancer selon le parcours et l'avancée de chacun (expériences, libérations, conscientisations, guérisons avant la rencontre avec son jumeau) et va être amené à évoluer à la suite de la nuit noire de l'âme, cette destruction de l'ego, déclenchée par la fuite du runner.

Le profil chaser

Il est dans l'action, la concrétisation de ses envies.
Il se connaît intérieurement, assume ses sentiments et vit ses émotions.
Il est dans le don de Soi, dans l'amour sacrificiel.
Il cherche à faire plaisir aux autres en permanence.
Il assume sa différenciation.
Il a un cercle d'amis restreint.
Il est en quête de perfection dans tout ce qu'il entreprend.
Il contrôle son environnement et les personnes de sa sphère privée.
Il est empreint de rigidité, de conformisme.
Il est la polarité qui ressent le plus le lien avec son jumeau et qui souhaite voir concrétiser la relation dans la matière.

Le runner

Le runner (terme anglais signifiant « celui qui fuit », le « fuyant ») est le jumeau qui a pour énergie dominante le yin. Lors de la reconnexion, il ressent une intensité émotionnelle inégalée, l'attirant pleinement vers son jumeau dans un premier temps, puis suscitant en lui une grande insécurité qui le pousse alors à s'éloigner et à fuir le lien, l'engagement.

Son histoire

Le runner est un enfant émotif, créatif, relié au monde, sensible aux énergies et doté de perceptions subtiles. La plupart du temps, le runner s'est construit avec un sentiment d'insécurité affective – lié au lien avec la mère, d'après Fabien

Marchand[1] –, dans une famille ambivalente qui va lui demander d'adapter son comportement en permanence. Il va être confronté très rapidement à des situations qui vont causer une blessure de rejet – souvent couplée à une blessure d'injustice. En réponse à cela, il va développer une façade de sa personnalité assez lisse qu'il affiche au monde extérieur afin de convenir aux attentes de son entourage et de pouvoir se fondre dans sa vie sociale, affective et familiale. Il ne laisse ainsi rien paraître de sa sensibilité, de son insécurité intérieure permanente et, par conséquent, ne sait pas exprimer ses émotions et ses ressentis intérieurs.

Sur le plan du Karma, le runner est la polarité qui s'est moins souvent incarnée, ce qui explique aussi la jouvence légère du runner mais aussi son besoin de multiplier les expériences dans cette vie afin d'engranger de nouvelles connaissances et sagesses. Ce besoin d'accumuler des expériences et rencontres multiples lui permet également de mieux identifier intérieurement ce qui lui convient ou ce qui ne lui convient pas, ce qu'il ressent d'une manière positive ou négative, étant donné son incapacité à savoir qui il est vraiment et ce qu'il veut véritablement dans une relation. Tout comme le chaser, le runner a été confronté, à travers ses incarnations antérieures, à des blessures qui sont réactivées au cours de cette présente vie, tant dans l'enfance que dans la vie d'adulte.

1. Il s'agit d'un chaser qui a été un des premiers à décortiquer la dynamique de la relation des flammes jumelles et les personnalités de chacune des flammes.

Son tempérament

Le runner est d'une nature douce, bienveillante, compatissante. Son contact est facile, il est très ouvert aux autres. C'est un être imprégné d'une certaine légèreté, candeur, fraîcheur. Il est animé d'une envie de se faire plaisir, de jouir de la vie, de s'amuser. À l'opposé de son chaser, responsable et parfois rigide, le runner est davantage dans l'insouciance et l'adaptabilité.

La valeur temps lui importe peu. Il se vit dans l'instant présent – par peur essentiellement de se projeter dans l'avenir et dans un quelconque engagement – et il a le sentiment que le temps passe vite.

En raison de sa blessure de rejet, il avance dans la vie avec le besoin de se fondre dans la masse et surtout d'être apprécié du plus grand nombre. Pour y parvenir, il sonde de façon instinctive ses interlocuteurs pour adapter son attitude et sa manière d'être de sorte d'entretenir des relations cordiales et surtout pour ne pas être rejeté par les autres. Et pour conserver cette appréciation positive des autres à son égard – et par peur de l'engagement également –, il s'implique peu, préférant entretenir des relations superficielles, que ce soit dans la sphère amicale, professionnelle ou affective. En échange, afin de ne pas être rejeté, il offre temps, écoute et attention.

Avec le temps, à force d'adapter son attitude en fonction de chacun de ses interlocuteurs, le runner ne s'est pas construit intérieurement. Il ne se connaît pas. Son intériorité lui fait peur car, dès lors qu'il se connecte à lui-même, il se sent en insécurité.

C'est pourquoi il refuse catégoriquement de regarder en lui, ne souhaitant surtout pas écouter ses émotions ni percevoir sa vulnérabilité et sa fragilité. D'ailleurs, la plupart du temps, il nie son mal-être, sa sensibilité. Il cache ses sentiments, ses émotions pour ne pas paraître faible (au risque d'être rejeté) et afin de conserver cette façade lisse et agréable pour les autres.

Le runner est ainsi dans le contrôle de lui-même en permanence. C'est-à-dire qu'il est dans la maîtrise de son apparence, de son comportement, de ses propos, de son tempérament afin de paraître constant, assuré, fiable.

Dans la sphère amicale, il aura tendance à multiplier les contacts, se nourrissant de l'attention des autres. En effet, ce jumeau éprouve un sentiment profond de dévalorisation de lui-même, n'ayant pas conscience de ses qualités ni de sa valeur. C'est pourquoi il a tant besoin des autres pour se sentir valorisé, pour se sentir digne d'être aimé. En d'autres termes, il est dans une dépendance affective sociale. Fort heureusement, son contact étant assez fluide, plutôt plaisant, le runner a une vie sociale riche. Très rayonnant, le runner attire magnétiquement les autres – sans en avoir réellement conscience. Il a ainsi besoin de recevoir l'attention des autres, c'est pourquoi, pour y parvenir, il multiplie les échanges, les contacts et peut devenir la proie de jeux de séduction. D'ailleurs, certains runners y succombent de manière régulière, s'abreuvant de l'amour des autres et de la jouissance corporelle pour se sentir ainsi exister, aimé et vivant, sans avoir besoin de trop s'impliquer émotionnellement. Il s'agit pour lui de combler un manque, un vide en lui.

Dans sa vie amoureuse, le runner choisit souvent une personne qui va l'aimer plus que lui ne l'aime, étant ainsi assuré de l'amour de l'autre et pensant surtout s'offrir une certaine sécurité dans sa vie de couple. Cela ne veut pas dire qu'il ne ressent rien. Il éprouve bien sûr une attirance physique, intellectuelle vis-à-vis de l'être aimé, mais la plupart du temps il s'agit d'un amour physique, passionnel, qui ne va pas trop l'impliquer émotionnellement. Car les émotions ressenties sont pour lui source de peur, n'étant pas à même de pouvoir les décoder ni les comprendre véritablement, lui qui ne se connaît pas vraiment, ou tout du moins pas d'une manière très précise ni poussée. En outre, le runner va avoir tendance à choisir un partenaire qui lui renvoie une image valorisante de lui-même, correspondant à l'idéal qu'il pense devoir incarner, pour regonfler ainsi son estime de Soi. Car si le runner est en quête d'amour, du vrai grand Amour, il choisit son partenaire amoureux en fonction de l'attention que l'autre lui porte, de l'attirance que le runner ressent pour cette personne et si cette personne correspond à la liste du profil type de l'amoureux que le runner s'est inventée. Bien sûr, cela n'est pas une tactique réfléchie ou même quelque chose de conscientisé. Au contraire, ce mécanisme s'opère de manière totalement inconsciente.

Il est courant d'observer chez le runner (attention, ce n'est pas vrai pour tous les runners naturellement, c'est davantage un constat récurrent) qu'il a rarement des relations profondes, investies affectivement, ou durables. La plupart du temps, il s'agit de relations « sympa », dira-t-il, ou malheureusement de relations très toxiques. Le runner, tout comme le chaser, va être confronté au cours de sa vie à des personnes atteintes d'un trouble de la personnalité narcissique, appelées « pervers narcissiques », dont il faudra réussir à se séparer. Cette inconstance sentimentale est assez douloureuse pour le runner, lui qui souhaite tant rentrer dans le schéma traditionnel que la société impose : celle d'une vie harmonieuse et heureuse avec un partenaire aimant.

Enfin, ce que le runner redoute très fortement, c'est de perdre sa liberté. C'est aussi la raison pour laquelle il va éviter de trop s'impliquer dans ses relations, de quelque nature qu'elles soient, afin de conserver cette liberté à laquelle il tient plus que tout, car il a souvent le sentiment d'avoir dû longuement batailler pour l'obtenir. Là est son privilège, ce qu'il s'octroie à lui-même et qu'il revendique haut et fort.

Le faux-self

Au cours de son enfance, par réaction de protection face au monde extérieur insécurisant, le runner se crée inconsciemment un « Moi » superficiel appelé « faux-self », lui permettant de ne pas être atteint émotionnellement par les comportements, paroles et actes des autres. Il sert de barrière protectrice, d'autant plus que le runner est souvent un être hypersensible. Le faux-self confère au runner une personnalité factice et muable, lui permettant de s'adapter parfaitement à toutes situations et tous interlocuteurs. Le faux-self est une carapace complexe qui s'est enrichie au cours de sa vie. Cette carapace est si présente, si couvrante, que le runner lui-même ne distingue plus le faux-self de son Soi. À tel point que le runner est persuadé que sa personnalité est ce faux-self et confond ses intuitions et ce que le faux-self lui dicte.

Si bien que sa propre guidance de vie est biaisée par son faux-self. Il est en quelque sorte manipulé malgré lui. Le faux-self est comme un Moi égotique si bien enraciné que le runner ne sait absolument pas qui il est, ce qu'il ressent, ni ce qui est bon pour lui. Le faux-self l'aveugle totalement, l'empêche de discerner le chemin le plus juste pour lui et, pire encore, le prive de sa capacité à pouvoir revenir à Soi, à se reconnecter aux vibrations de son âme. Il arrive ainsi souvent que le runner demande à sa famille, ses amis leurs avis sur une situation ou une personne à laquelle il est confronté, pensant que ses proches le connaissent mieux que lui-même ou que quiconque.

Lors de la rencontre avec son chaser, l'ampleur énergétique de la rencontre est telle que le faux-self ne suffit pas à faire barrière. Le runner se retrouve, pour la première fois, imprégné par un émotionnel fort, une intensité déstabilisante, potentiellement douloureuse. En effet, le runner n'est pas habitué à gérer ses émotions et se trouve dans l'incapacité à comprendre ce qu'il se passe. Le faux-self s'intensifie aussitôt afin de rétablir cette « virtuelle » stabilité. Le faux-self va induire la séparation physique avec le chaser, le silence face à la communication, le déni face au lien et à l'amour ressenti par le runner pour son chaser. Et le runner s'autoconvainc ainsi que le chaser n'est pas si important, qu'il n'est pas son avenir, qu'il est dangereux pour lui. Il peut également se convaincre qu'il n'aime pas son chaser en listant tout ce qui ne correspond pas à sa liste idéale et prédéfinie de l'amour et de ce que doit être une union saine…

Son comportement avec son chaser

Dès la première rencontre, le runner éprouve une attirance forte pour son chaser. Il ressent pour lui beaucoup de douceur, de tendresse et d'affection. Si le runner est « éveillé au lien », il sait que c'est son autre. En effet, il existe des runners dits « éveillés au lien » qui sont moins dans le déni et plus dans le ressenti que le chaser est leur autre, leur part manquante. Pour autant, le runner va placer très vite son jumeau sur un piédestal. En manque d'estime de Soi, il ne se sent pas à la hauteur et est persuadé de ne pas mériter l'amour de son jumeau. Sa peur du rejet se réactive en puissance, en pensant que son jumeau pourrait le rejeter si violemment que la souffrance en serait destructrice. En parallèle, le runner affiche en permanence une certaine distance face à son chaser, ne laissant rien paraître de son inclination. Car il assimile ses sentiments à de la faiblesse mais surtout à un haut risque de souffrance. Et le runner a très peur d'être englouti par l'amour intrusif de son chaser. En veillant à maintenir une distance importante vis-à-vis de son chaser, il se protège ainsi lui-même de son émotionnel et de la privation de sa liberté à laquelle il pourrait être contraint par son jumeau. Plus il y a de la distance avec son autre, moins il se sent impliqué, moins il risque de souffrir et plus il se sent sécurisé. Lorsqu'il est en contact proche avec son chaser, le runner est empreint d'un mutisme profond tant il est chahuté par un vacarme émotionnel indéchiffrable à l'intérieur de lui, et envahi d'une peur incommensurable. Il est aussi heureux que terrorisé de partager ce moment avec son jumeau. Et afin de ne rien laisser paraître, il affiche un silence et une moue placide. Il va même avoir tendance à vouloir écourter leurs échanges pour retrouver rapidement sécurité et quiétude en lui. Enfin, pour se protéger totalement de cette invasion émotionnelle, le runner a développé deux mécanismes inconscients mais finement rodés : la capacité à se déconnecter complètement de ses émotions (le fameux bouton on/off) et son faux-self le persuadant que son autre n'est pas important, n'a pas de place dans sa vie, et le poussant à s'en détourner pour vivre sa vie sereinement.

Naturellement, ce portrait type du runner est à nuancer selon le parcours et l'avancée de chacun (expériences, libérations, conscientisations, guérisons avant la rencontre avec son jumeau) et il va se craqueler progressivement à la suite de la reconnexion à son chaser.

Le profil runner

Il est connecté à ses intuitions, à ses perceptions.
Il ne se connaît pas donc se réfère aux autres.
Il a peur de ses émotions et de sa vulnérabilité.
Il est dans la disponibilité permanente aux autres, la loyauté extrême.
Il recherche l'approbation et la valorisation.
Il cache ses sentiments, ses émotions, tel un caméléon.
Il multiplie les contacts et les rencontres.
Il protège sa liberté à laquelle il tient plus que tout.
Il est dans le contrôle de son apparence, de ce qu'il affiche aux autres.
Il ne s'investit pas en profondeur dans les relations.
Il ressent en premier le caractère particulier du lien avec sa flamme jumelle.

CHAPITRE 3

◐

Les étapes du chemin des flammes jumelles

Le parcours initiatique des flammes jumelles s'enclenche lors de la reconnexion des deux flammes. Avant cette rencontre, aucune des deux n'a conscience de l'enjeu de son incarnation et nombreuses sont les personnes qui ne connaissent pas la notion de flammes jumelles.

Lors de la première rencontre, il y a une attirance (non physique, non passionnelle), un magnétisme présent, mais très souvent la reconnexion n'a lieu qu'un peu plus tard. Le parcours débute alors.

La reconnexion

La reconnexion se caractérise par son intensité énergétique, physique, émotionnelle très puissante, totalement unique et soudaine. Il s'agit d'un amour gigantesque, sans limite, inconditionnel. Les deux polarités de cette même âme se reconnectent enfin, formant alors une entité complète, équilibrée. Les jumeaux ressentent cette vibration profonde, cette reconnaissance que l'autre est Soi. C'est une évidence, une félicité, celle de se sentir enfin entier, complet. Sur le plan vibratoire, c'est très intense et très lumineux également. Ce duo dégage une lumière incroyable, une énergie très haute, une beauté unique. Les deux flammes se sentent heureuses, au cœur d'une rencontre magique, superbe, qui peut d'ailleurs ne pas être de nature amoureuse pour certaines. On appelle cette phase la « lune de miel » dont la durée est variable d'un duo à l'autre. Elle peut être très courte (quelques jours) ou un peu plus longue (quelques mois). Car très vite, les blessures et peurs de chacun vont être mises en lumière de manière très intense. En effet, malgré eux, les jumeaux vont, inconsciemment, appuyer sur les blessures de l'autre (et les dysfonctionnements aussi) et très vite leurs ego respectifs vont s'activer.

Du côté du chaser

Lors de la reconnexion à son jumeau, le chaser va rapidement être dans cette conscience éveillée que l'autre est son complément parfait, son tout. Il ressent cette complétude en lui, cette ouverture du cœur, cet échange énergétique puissant et il est prêt à tout offrir à ce jumeau qu'il aime plus que tout. Il est donc prêt à s'investir pour concrétiser cette relation avec le runner et sécuriser ce lien dans la matière.

Mais assez rapidement, le chaser va observer que son jumeau est de plus en plus silencieux, distant et progressivement fuyant, le plongeant alors dans une incompréhension énorme et dans une insécurité profonde qu'il refuse catégoriquement de vivre. La blessure d'abandon est activée de manière extrême. La peur de perdre son jumeau est telle que le chaser va s'accrocher encore plus fort et user de tous les stratagèmes qu'il possède pour parvenir à ses fins, pour faire revenir l'autre, pour être aimé (il s'agit là de mécanismes inconscients acquis pour « survivre » notamment dans son enfance).

Se met alors en marche son programme de « super yang » (le super « contrôlant ») : tout faire pour réussir à conserver l'amour et l'implication de l'autre ! Et plus le runner va fuir, plus le chaser va le poursuivre. Il va le poursuivre sans relâche. La peur de l'abandon est trop grande. Et le chaser ressent tellement que l'autre est sa moitié qu'il n'envisage pas un seul instant que celui-ci ne puisse pas ressentir cet amour également. Ce lien si fort, si puissant est une évidence pour lui et il ne comprend pas que le runner s'en éloigne. Dans son schéma de yang, quand on aime, on fait tout pour vivre cet amour avec l'autre. Et ressentant bien que le runner l'aime, il pense donc qu'il doit persévérer.

À ce moment-là, le chaser ne prend pas conscience de son caractère intransigeant, de la dureté de ses actions, du non-respect des limites de son runner. Cette attitude très combative, très rigide, très contrôlante engendre la fuite du runner et réactive la blessure d'abandon du chaser de manière profonde. À la fin, à bout de souffle, à bout de stratagème, le chaser va voir sa blessure déclencher la nuit noire de l'âme.

Du côté du runner

Lorsque le runner rencontre son chaser, il éprouve une forte attirance et, lors de la reconnexion, il ressent alors une vague émotionnelle très puissante qui l'envahit totalement. Il ressent, autant que le chaser, ce lien incroyable qui les unit.

Toutefois, submergé par ces énergies fortes, le runner va ressentir assez rapidement en lui une pression, une insécurité profonde. En effet, le runner a bien identifié que l'autre l'attire, que l'autre est important, qu'il y a quelque chose de très spécifique et unique qui les lie l'un à l'autre, mais, refusant d'analyser, de se sonder intérieurement, il considère cela comme un danger pour lui. Et plus le chaser va continuer à venir à lui, à vouloir formaliser ce lien dans la matière, plus le runner va ressentir un étouffant manque de liberté, une pression intérieure insécurisante et une vraie souffrance physique, l'obligeant à s'éloigner.

De plus, il perçoit l'intensité de l'amour que son jumeau lui voue, mais d'une certaine manière il se sent illégitime et incapable de pouvoir donner autant en retour. Le runner croit qu'il s'agit d'un amour « sous conditions » l'obligeant à *faire* ou à *être*, et le privant de sa liberté. Il ne souhaite pas non plus que le chaser se sacrifie pour lui. En effet il ressent bien que l'amour de son chaser est infini mais qu'il est aussi dysfonctionnel. Et tout cela attise la peur qui naît en lui.

Le runner, ne souhaitant surtout pas faire souffrir son chaser ni adopter une attitude de bourreau, devient silencieux, adopte une attitude de moins en moins impliquée, puis s'en va et/ou amène, de manière inconsciente, son chaser à mettre fin à cette relation. En réalité, le runner fuit avant tout le lien et, malgré lui, son jumeau envers lequel il éprouve une grande tendresse, une grande affection, un profond respect.

Ne s'étant pas construit dans son intériorité, le runner n'arrive pas à décoder ce qu'il ressent, il n'est pas à même de caractériser la nature des émotions qui le submergent. Aussi, puisque cela risque de faire souffrir, puisque c'est oppressant, puisque c'est étouffant, son faux-self se met en marche et il entre alors dans le déni. Le runner va alors nier : le lien, son attirance, ses envies, ses sentiments, l'amour pour l'autre… il n'est pas dans un déni conscient, il ne fait pas semblant, il est persuadé que ça n'existe pas, que ce n'est pas vrai. Il se ment à lui-même de manière totalement inconsciente.

Il faut préciser que dans le duo de flammes jumelles, le runner est celui qui porte la charge karmique de leurs vécus communs et des souffrances expérimentées dans leurs vies communes antérieures. En quelque sorte il porte la mémoire des blessures qu'ils se sont causées l'un à l'autre ou que la vie leur a occasionnées à tous les deux. Il ressent inconsciemment l'énergie lourde des traumatismes passés. Tout ceci explique aussi la raison pour laquelle le runner ressent ce besoin urgent de s'éloigner afin de ne plus ressentir les vestiges de toutes ces souffrances passées qui sont réveillées par la présence du chaser.

La séparation

Le jeu des ego est vécu comme une confrontation violente par les deux flammes jumelles. Les blessures étant souvent non pansées – en particulier pour les parcours longs –, elles occasionnent de profondes meurtrissures chez chacun des jumeaux qui, en réaction, activent de plus en plus fortement l'ego de chacun. La séparation est donc inéluctable et est en quelque sorte une phase parfaitement définie et orchestrée dans ce parcours pour préserver le duo et le lien. Car si ce n'était pas le cas, la situation dégénérerait et les deux flammes seraient outrageusement anéanties.

Ainsi, on peut voir l'attitude du runner comme une manière inconsciente et douce de préserver le lien. En fuyant, plutôt qu'en se confrontant, il provoque la séparation et donc la possibilité pour ces deux flammes d'avancer et de panser leurs plaies.

La séparation est une phase essentielle de protection du lien et du duo. Sa durée est variable d'un duo à l'autre et va être vécue de manière différente pour les deux flammes.

Du côté du chaser

Lorsque le runner s'en va, le chaser ressent énergétiquement, physiquement, émotionnellement la perte de l'autre. Il ressent cette déchirure intérieure de la séparation originelle avec sa flamme complémentaire. Il ressent ce manque après la complétude de leur reconnexion.

Et cette souffrance ultime est attisée par son incompréhension de la fuite de l'autre qu'il perçoit comme un signe de désintérêt et de non-amour de la part de son jumeau. En effet, dans le schéma intellectuel du chaser, si son jumeau est parti, si son jumeau n'a pas voulu construire ce lien dans la matière, c'est qu'il ne l'aime pas. Et pourtant, le chaser est persuadé que le runner l'aime ou l'a aimé, les faits l'ont montré, il l'a ressenti. Et il sait que son jumeau est son autre, qu'ils sont faits l'un pour l'autre.

De plus, le chaser a le sentiment d'avoir tout fait pour conserver l'autre et tout tenté pour lui faire prendre conscience de ce lien unique. Il a tout essayé et rien n'a fonctionné. Lui qui est dans la maîtrise de tout, dans le cas présent tout lui a échappé. Il n'a rien pu contrôler, il n'a rien pu sauver, il n'a rien pu garder.

Se cristallisent alors en lui une grande détresse, une perte de repères, un blocage intellectuel, une déprime… Tout s'écroule à l'intérieur de lui car il a le sentiment d'avoir perdu l'être le plus cher, son complément énergétique, l'autre partie de son âme.

Cette blessure originelle d'abandon, réactivée par le runner, est vécue de manière extrêmement douloureuse par le chaser, d'autant plus s'il n'avait pas commencé au préalable, dans son parcours, à se libérer et guérir cette blessure. Il sombre alors dans la nuit noire de l'âme.

En outre, pendant la phase de séparation, les allers-retours du runner vont considérablement perturber le chaser qui, à chaque fois que le runner revient à lui, va ressentir cette complétude apportée par son autre, cet espoir que l'autre lui exprime son amour, s'engage et reste auprès de lui. Mais à chaque fois que le runner repart, le chaser va être à nouveau plongé dans cette souffrance réactivée, ce manque de l'autre, cette difficulté à se recentrer sur lui-même. Seule la prise en charge de ses blessures va lui permettre progressivement de se libérer du traumatisme et de ses souffrances pour guérir durablement, et ce, même si son runner poursuit ses allers-retours.

Du côté du runner

Lorsque le runner commence à distendre le lien, il est à la fois oppressé par l'émotionnel intense qui se joue en lui et par l'attirance qu'il ressent pour sa flamme. Il est dans l'incapacité de réfléchir à ce qui se passe et de comprendre ses agissements. Il sait simplement qu'il doit se sauver, s'éloigner pour apaiser cette insécurité extrême qui l'anime. Lorsque la séparation est actée, le calme intérieur reprend place peu à peu et il ressent alors un profond soulagement de retrouver sa liberté d'être. Son faux-self lui permet de se raccrocher à des schémas de pensées, de s'échapper de la réalité, d'adopter un comportement lisse, d'indifférence face aux faits qui se sont produits. Il entre dans le déni, niant le lien qui les unit, l'amour que l'autre lui porte et les sentiments forts que lui-même éprouve pour sa flamme. Il se déconnecte de ses ressentis (le fameux bouton on/off) afin de ne plus être chahuté ni tourmenté, de ne plus se sentir manipulable et vulnérable. Tout ceci étant des mécanismes inconscients, le runner est persuadé de la raison d'être de son éloignement, convaincu que l'autre n'est pas important. Il est fermement décidé à poursuivre sa vie sans l'autre comme si de rien n'était. Il n'a pas conscience de son attitude de fuite ni de son déni. Dans un premier temps, cette séparation est profitable pour le runner car il retrouve cette sécurité intérieure, son costume de caméléon qui lui permet de s'adapter à chaque interlocuteur, ses habitudes de vie et son quotidien normé. Nombreux sont les runners qui vont expérimenter d'autres relations sentimentales. C'est à la fois une manière de se convaincre que l'autre n'était pas important, de se prouver qu'il est capable d'aimer et d'être aimé, et d'être nourri par l'attention et l'amour de quelqu'un d'autre. Enfin, c'est aussi une manière de montrer à son entourage qu'il rentre dans ce schéma sociétal de la vie de couple traditionnelle. Il donne aux autres le reflet idéal pour être estimé et validé. La relation avec une autre personne que son jumeau occasionne également moins de souffrances car elle est davantage contrôlable émotionnellement.

En parallèle, le runner, qui porte un vif intérêt pour ce que les autres lui disent et qui leur accorde beaucoup de crédit, va se référer aux avis que son entourage porte sur son chaser. Ainsi, dans les premiers temps de la séparation, les avis de ces personnes tierces vont venir conforter le runner dans son choix de s'être éloigné.

Néanmoins, plus le temps passe, plus il va devoir se rendre à l'évidence : sa flamme est en permanence présente dans son esprit, de nombreuses situations le ramènent à elle, et les synchronicités se multiplient. Il a beau avoir tout fait pour que le chaser ne soit plus présent dans sa vie, il est toujours dans ses pensées, dans ses souvenirs, dans ses ressentis et même dans ses rêves. Progressivement, le runner est amené à prendre conscience que l'autre est important pour lui, bien plus qu'il ne le pensait. Pour autant, si le runner n'est pas éveillé au lien, il ne comprend pas qui est cet autre, il ne parvient pas à qualifier la nature de cette relation. Il se rend simplement compte qu'il éprouve de la douceur pure pour cette personne.

Pendant la phase de séparation, le runner alterne entre des phases de déni et des phases de prise de conscience de son attraction pour l'autre et du lien qui les unit. Par moments, le runner peut se sentir attiré par son autre, jusqu'à reprendre contact avec lui, puis repartir aussitôt dans un schéma de fuite. Il ne sait pas vraiment pour quelle raison il revient vers l'autre, mais il se sent comme poussé à reprendre contact. Il s'agit là d'un besoin énergétique, d'une envie profonde de ressentir l'énergie du chaser et de rehausser son taux vibratoire. Ce va-et-vient du runner est courant, il permet inconsciemment de tester l'avancée de chacun sur le plan énergétique puis de revenir à Soi et de se libérer de ses blessures. En effet, tandis que le runner est porteur de réunion, le chaser est porteur pour sa part des libérations traumatiques.

La séparation, nous l'avons dit, est une étape inéluctable, indispensable. La source pousse à cette séparation, toutes les circonstances sont activées pour qu'il y ait séparation. Toutes les tentatives du duo et en particulier du chaser sont vouées à l'échec, c'est ainsi défini et acté par la Source. Tous les chasers en prennent conscience assez rapidement, creusant un profond ressentiment à l'intérieur d'eux. Que ce soit l'entourage familial, professionnel, ou amical ou encore l'enchaînement des situations vécues, nombreuses sont les entraves qui provoquent, accentuent ou précipitent la séparation. Personne ne peut sauver ce duo de cette étape inéluctable. Tout semble d'ailleurs avoir joué contre eux. C'était écrit ainsi, et c'est ainsi que les choses se déroulent.

La nuit noire de l'âme

La nuit noire de l'âme est une étape vécue par la majorité des flammes jumelles mais qui va se révéler d'une profondeur plus ou moins douloureuse selon l'avancée de chacune des flammes. Majoritairement, c'est le chaser qui va vivre sa nuit noire de l'âme avant le runner. La nuit noire de l'âme se caractérise le plus souvent par un dépouillement complet, une déstructuration intérieure et extérieure totale des anciens repères, des anciennes croyances obsolètes, des schémas de pensées égotiques, pour revenir enfin à l'être et, plus précisément, se reconnecter à son âme.

Du côté du chaser

Lorsque la séparation avec le runner est actée, le chaser s'effondre. À l'intérieur de lui, sa structure s'écroule complètement, tel un château de cartes qui tombe intégralement. Et, très souvent, cet effondrement s'accompagne d'une perte autour de lui – son travail, sa famille, son couple, ses finances, etc. Tout est fait pour amener le chaser à se dépouiller totalement de ce qui constituait son ancienne vie pour se reconstruire une structure interne stable, fidèle à lui-même.

Le chaser se sent dans une insécurité totale. Tout lui échappe, il ne contrôle plus rien, il est plongé dans ses peurs profondes et il a beau résister, il ne parvient pas à stopper cette descente dans le néant. Plus il s'accroche et plus il résiste, plus c'est douloureux, plus les épreuves s'intensifient et plus il s'épuise. Intérieurement, le chaser vit à nouveau la blessure originelle de la séparation avec son autre, lorsque l'âme s'est scindée en deux. Il est cloué au sol, anéanti par ce vide, ce manque, ce néant. Il ne voit aucune issue et personne ne parvient à le délivrer. Toutes ses tentatives pour reprendre contact avec son runner échouent. Personne ne peut le sauver de lui-même.

Il vit quelque chose de plus intense, de plus profond, de plus violent, de plus douloureux qu'une dépression. Il souffre aussi bien émotionnellement, physiquement, psychologiquement que matériellement. Il est confronté à toutes ses blessures et à toutes ses peurs. Il vit, d'une certaine manière, une mort de lui-même – une mort de l'ego et une souffrance extrême de l'âme qui revit sa blessure originelle de la séparation. Il est dépossédé de tout, confronté à ses parts d'ombre, et est ainsi amené à se reconnecter à ce qu'il est, intérieurement, au plus profond de lui, sans ses artifices, sans ses mécanismes de survie et de contrôle, sans ses fausses croyances. Juste lui et son âme. Loin de l'« avoir », loin du « faire » pour juste « être ».

Le chaser est également amené à se reconnecter à la Source, à sa foi en la vie, à sa conscience spirituelle.

Cette étape de la nuit noire de l'âme peut prendre plusieurs mois, voire plusieurs années, le temps que le chaser lâche prise, se libère, puis revienne à ce qu'il est. Progressivement, il se réaligne jusqu'à atteindre un état de compensation. La compensation est la phase qui suit la nuit noire de l'âme : elle est marquée par une stabilité émotionnelle plus douce, on sort de la dépression, de la souffrance ultime. Et lorsque le chaser est dans sa compensation, il retrouve alors une certaine sérénité intérieure, une douceur de vivre. Il remonte son taux vibratoire et rebâtit sa vie de manière structurée, stable, authentique et fidèle à ce qu'il est et en accord avec ses besoins et ses envies, sans dépendance ni dysfonctionnement.

Du côté du runner

La nuit noire de l'âme est bien souvent vécue par le runner après le chaser – d'autant plus si le runner n'est pas éveillé au lien – et après que ce dernier a avancé dans son parcours. Car au moment de la séparation, le runner se coupe de tous ses ressentis et met en sourdine ce qui se joue en lui, repoussant à plus tard l'expérience de la nuit noire de l'âme. Il va donc ressentir à l'intérieur de lui un mal-être continu mais ne va pas y prêter attention. Elle ressurgira plus tard lorsque le runner aura poussé au plus loin sa résistance à vouloir expérimenter son chemin de transformations, à découvrir qui il est et à effectuer les changements nécessaires, tandis que le chaser, lui, en sera déjà à atteindre sa complétude. Là aussi, la Source met une pression importante sur le runner, ne lui laissant plus le choix. Il ne peut plus éviter ni contourner.

Si cette nuit noire de l'âme est un peu plus douce pour le runner, elle n'en reste pas moins impliquante et déstabilisante. C'est une étape délicate pour le runner : elle l'oblige à réaliser ce travail sur lui-même de manière structurée et précise. Ainsi, il va progressivement plonger à l'intérieur de lui pour se découvrir, apprendre à se connaître, accepter et écouter ses ressentis. Il doit détruire ce faux-self, faire la distinction entre ce qui relève du Soi authentique et de ce qui relève d'une construction fausse, erronée de ce qu'il croyait être jusqu'alors. L'objectif étant d'exprimer son authenticité, son unicité et d'être enfin lui-même.

En résumé, cette nuit noire de l'âme conduit à un écrémage de l'entourage (famille, amis…), à l'expression de ce qu'il pense, à la révélation aux autres de ce qu'il est, et surtout à la destruction progressive du faux-self.

Le triangle de Karpman

Dans les années 1960, le médecin psychiatre spécialiste de l'analyse transactionnelle et de la psychologie contemporaine, Stephen Karpman, a mis en évidence une dynamique relationnelle récurrente dans laquelle nous nous inscrivons tous et a ainsi clarifié trois comportements spécifiques. Nul besoin d'être trois individus pour entrer dans ce schéma, de manière inconsciente, selon la situation et le ou les interlocuteurs, nous adoptons un rôle parmi ces trois comportements :

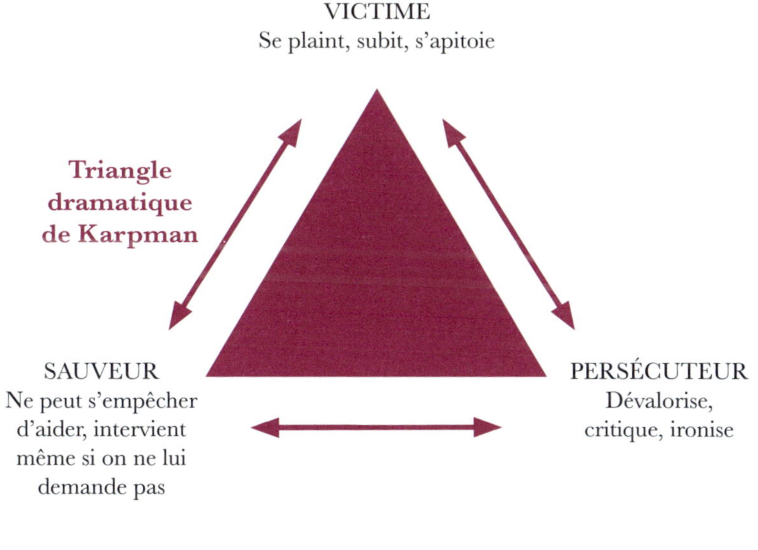

La victime

La victime est la personne qui revendique le fait d'être persécutée par la vie, par les gens. Elle recherche avant tout de l'attention, de la compassion, de la protection, des preuves d'amour. Pour y parvenir, elle se plaint de ce qu'elle n'a pas, de ce que la vie ou les autres lui causent comme tourments. Elle se décharge ainsi de toute responsabilité et s'économise le fait de devoir se remettre en question. Plutôt que de se prendre en charge, elle préfère s'épancher sur autrui et/ou en l'accablant d'être dans une meilleure situation que la sienne.

Naturellement cette posture requiert un sauveur et un persécuteur qui peuvent être une seule et même personne.

Le sauveur

Le rôle du sauveur est une posture idéale car elle offre à cette personne une bonne estime d'elle-même. En étant sauveur, on montre aux autres une belle image de Soi, on attire le respect, l'admiration. En étant sauveur on est valorisé et on s'attribue soi-même une certaine reconnaissance et aussi une raison d'exister. Le sauveur, inconsciemment, aime avoir une victime à sauver, et il a besoin de manière indirecte d'un persécuteur car cela lui confère un sentiment de supériorité. Le sauveur est souvent une personne généreuse, attentive aux autres, mais aussi en manque d'estime de Soi et recherchant à échapper à ses propres blessures et à éviter de regarder ses propres besoins.

Le persécuteur ou bourreau

Le persécuteur est un individu qui se décharge émotionnellement sur l'autre – en l'occurrence la victime – en adoptant un comportement agressif ou une posture froide et cassante. Peu importe ce que les autres pensent, il ressent le besoin d'affirmer avec supériorité et intensité ses propres besoins, ses propres frustrations. Il peut s'agir d'une personne auparavant victime qui ne peut plus tolérer l'inacceptable ou d'un sauveur déçu qui décide de changer de posture afin de stopper les abus, par exemple. Bien que cette personne affiche de la colère et adopte un comportement intimidant, c'est la peur qui se cache bien souvent derrière ce masque.

Au cours d'une même discussion, les rôles peuvent être intervertis, basculant de victime à bourreau ou persécuteur, ou à sauveur. Dans la relation de flammes jumelles, tout l'enjeu réside dans la capacité à sortir de cette dynamique destructrice en conscientisant ce mécanisme qui se met en place, en reprenant conscience que personne n'est là pour sauver qui que ce soit.

Avec un peu de recul, en observant la dynamique comportementale qui s'opère de manière inhérente dans chacune de nos relations, vous pourrez devenir acteur en conscience et déjouer plus facilement cet automatisme qui se réveille en vous. Et pour ne pas rentrer dans l'engrenage, le mieux est de rester factuel, bienveillant et légèrement distant.

Le chemin thérapeutique de guérison vers la complétude

Tout au long de la phase de séparation, les jumeaux avancent vers ce qu'ils sont véritablement, vers leur Soi authentique.

Pour y parvenir, ils doivent opérer de grandes transformations de manière individuelle, chacun de leur côté. Selon le parcours, il peut y avoir des contacts entre les flammes, plus ou moins nombreux ou réguliers, ce qui permet de mettre en lumière l'avancée de chacun sur leurs parcours et d'évaluer les blessures à libérer encore davantage. Pour autant, tant que les jumeaux ne sont pas suffisamment dans la complétude, les échanges resteront souvent difficiles, sources de conflits intérieurs et d'incompréhensions.

En raison de leurs polarités prédominantes différentes, de leurs vécus respectifs, des blessures présentes en eux, et de leurs situations familiale, personnelle et professionnelle, les deux flammes ont leur propre chemin de guérison et d'éveil. De manière générale, on constate des axes récurrents sur lesquels chacune va devoir avancer pour atteindre une certaine complétude individuelle, selon leur polarité.

Du côté du chaser

Pendant toute sa phase de guérison et de transformation, le chaser va devoir apprendre à apaiser son ego, à identifier ses mécanismes de défense et aussi à apaiser son mental. Comme il s'agit d'un système finement construit pour survivre, ce travail va se faire progressivement, étape par étape, et selon chaque situation. Ainsi, le chaser va devoir détricoter ce qui se joue en lui, comprendre quelle blessure est activée, quel dysfonctionnement s'enclenche, afin de libérer la charge émotionnelle et karmique, d'effectuer les changements nécessaires à l'apaisement intérieur et à la reconquête de son Soi authentique.

Bien sûr, le chaser va également devoir accepter la dynamique du parcours, le silence, la distance et le rythme de cette relation imposée par son jumeau. Il doit ainsi apprendre la patience et le lâcher-prise.

De manière plus précise et plus fine, on distingue différents axes sur lesquels le chaser va avancer :

L'enfant intérieur et le retour de la joie de vivre

Enfant, le chaser est donc amené à adopter un comportement sacrificiel, mature et de contrôle de son environnement et de son entourage. Pour correspondre à ce que l'on attend de lui – être sage, conforme aux attentes de la société, bien travailler à l'école, etc. – il va étouffer son innocence, son espièglerie, sa légèreté d'être et ainsi se déconnecter de son enfant intérieur, cette source de joie de vivre, de créativité, d'inventivité et d'insouciance. Tout le chemin que le chaser doit parcourir est de ressentir, d'écouter et de laisser vivre en lui cet enfant intérieur pour enfin retrouver la voie de la joie, de la spontanéité, de l'amusement, de la liberté de se vivre, de l'autodérision, de la souplesse au sens le plus large.

Le retour à Soi : le recentrage

Le chaser a, depuis son enfance, oublié de s'écouter. Il s'est oublié totalement, préférant porter son attention sur les autres, sur leur bien-être, leur plaisir, leur offrant son écoute. Le chaser contrôle son environnement et les personnes qui en font partie afin de s'assurer une certaine sécurité, contrairement au runner qui, lui, se contrôle pour s'assurer une sécurité à l'intérieur de lui-même. La flamme chaser est totalement orientée vers l'extérieur, occultant ses propres besoins, ses propres sources de plaisir. Réciproquement, elle recherche chez les autres cette attention et cet amour qu'elle ne se donne pas. Aussi, à partir de la reconnexion avec son runner, le chaser est amené à revenir à son Soi, à faire ce retour depuis l'extérieur vers son intérieur. Chaque situation, chaque libération et chaque guérison vont lui apprendre à revenir à l'écoute de lui-même, à se prioriser, à faire respecter ses limites, à apprendre à dire non et stop aux comportements toxiques et invasifs. Il va ainsi être de moins en moins tourné vers les autres et de plus en plus axé sur lui-même et sur ses ressentis personnels.

Le lâcher-prise sur la vie et les autres

Le contrôle des autres et de son environnement est l'un des comportements dysfonctionnels du chaser qui va rapidement être mis à mal par le runner. En effet, le chaser a l'habitude d'être entouré de gens qui expriment facilement leurs faiblesses et leurs difficultés. Le chaser s'en saisit inconsciemment pour occuper cette place de sauveur qu'il apprécie tant car elle lui permet d'offrir aux autres son réconfort, son attention, son écoute, sa disponibilité, sa douceur, son amour. Or, face à son runner qui n'exprime pas, ou très peu, ce qu'il vit, le chaser ne parvient pas à l'approcher et a ainsi du mal à trouver sa place dans ce duo. Sa mécanique interrelationnelle habituelle est totalement impossible à mettre en place. Et c'est ce qui pousse notamment le chaser à essayer, par de multiples tentatives inconscientes, de trouver la brèche lui permettant d'occuper cette place auprès de son jumeau. Autant de tentatives qui vont échouer et qui vont intégralement désarmer le chaser. Ainsi, il est sans cesse chahuté par la Source et son runner pour revenir à lui-même et s'occuper de lui avant tout et ainsi ne plus être tourné vers son runner.

Pendant sa nuit noire de l'âme marquée par la perte de ses repères et la perte matérielle (et financière), le chaser est obligé d'apprendre peu à peu à lâcher prise sur son environnement et sur sa vie. Il doit apprendre à faire confiance, à avoir foi en la vie, en la Source et à accepter ce qui n'est pas, ce qui n'arrive pas, ce qui s'interpose entre lui et son objectif et ses attentes.

Il doit accepter que son runner ne revienne pas, accepter le silence de celui-ci, accepter les aléas de la vie, accepter les différences de pensée des autres, accepter le libre arbitre de chacun. Pour y parvenir, la Source va jalonner son parcours d'expériences qui l'amèneront à accepter et à s'en remettre au flux de la vie.

La dépendance affective et les relations toxiques

À la suite de la reconnexion avec son runner, le chaser prend conscience (si ce n'était pas déjà le cas avant) d'une certaine dépendance. Il se rend compte qu'il recherche dans ses relations l'affection, l'amour, l'attention de l'autre et qu'il attend que ce soit exprimé régulièrement afin d'être nourri en continu. Cette prise de conscience est assez douloureuse tant elle met en évidence le fait que le chaser ne sait pas s'apporter par lui-même ce réconfort, cette sécurité, cet amour. Il est tourné en permanence vers l'extérieur pour recevoir cette nourriture affective. Cette souffrance est d'autant plus exacerbée par le fait que son runner ne lui procure nullement ce comblement. Là encore, le chaser doit apprendre à s'apporter cette sécurité, cet amour et cette bienveillance par lui-même. Il doit revenir à lui pour prendre soin de lui en devenant sa priorité. Ce chemin de prise en charge de ses besoins affectifs va occasionner en parallèle la prise de conscience des relations toxiques qui l'entourent. Il va ainsi progressivement s'éloigner des gens qui se servent de lui ou bien qui l'empêchent de revenir à lui. Il va progressivement mettre des limites vis-à-vis des autres dès lors que ces derniers ne respectent pas sa zone de confort et de liberté. En quelque sorte, le chaser reprend sa juste place, son indépendance, son autonomie et redevient souverain de sa vie. Cette étape se fait progressivement et dans toutes les sphères relationnelles, que ce soit le cercle familial, amical, professionnel ou sentimental. Lui qui était dans le sacrifice et le don de Soi, il redéfinit peu à peu sa disponibilité pour les autres, ses limites, son implication, son engagement de manière légitime, plus juste pour lui et de manière équitable.

Comment savoir si vous êtes toujours dans une dépendance affective ?

Tant que vous ressentez le besoin d'être nourri par l'affection de quelqu'un de votre entourage, tant que vous avez l'envie d'avoir un message de votre flamme pour apaiser un manque, tant que vous êtes en recherche d'un(e) amoureux(se) pour combler vos besoins, cela signifie qu'il reste une dépendance affective, que vous êtes dans un amour conditionnel. Il est important d'observer finement votre comportement pour déceler votre propension à rechercher le soutien de votre entourage, votre besoin d'être validé ou soutenu par une personne extérieure. Car si tel est le cas, c'est que la blessure d'abandon n'est pas totalement guérie. Et il est important de se méfier de l'ego qui a tendance à faire croire que tout est guéri, que tout va bien.

L'amour inconditionnel de Soi

À trop regarder à l'extérieur de lui, le chaser a souvent été dans la dévalorisation de certains aspects de lui-même et dans l'abandon de son Soi. Le chemin initiatique des flammes jumelles invite chaque flamme à revenir à Soi et à apprendre à s'aimer telle qu'elle est. Accepter son apparence physique, accueillir ses faiblesses, aimer à sa juste valeur la personne formidable qu'elle est. Ainsi, le chaser doit revoir à la baisse et de manière plus juste le niveau de perfection qu'il s'impose à lui-même. Il doit être dans l'accueil de ses limites, dans la tolérance vis-à-vis de lui et s'offrir plus de douceur lorsqu'il fait des erreurs ou qu'il est confronté à des échecs. Il doit s'aimer de manière inconditionnelle, telle une mère aimante protectrice et généreuse qui accueille son enfant avec douceur et compréhension. Le chaser doit devenir bienveillant envers lui-même et arrêter d'exiger trop et toujours plus.

S'aimer Soi, c'est aussi se prioriser. Le chaser doit apprendre à placer ses besoins, ses plaisirs et ses envies avant ceux des autres. Il doit aussi s'offrir cette valorisation, cette protection et cette sécurité indispensable à son plein épanouissement.

Ainsi, le chaser doit apprendre à vivre pour lui-même, à se découvrir, et à construire son quotidien en accord avec ses envies et ses besoins, loin des attentes des autres. La joie doit bercer son quotidien et non son côté bien souvent sérieux, droit et rigide.

La guérison des blessures

Tout le parcours de flammes jumelles est rythmé par la libération des blessures et leur guérison. Aussi, très rapidement après la reconnexion, chaque flamme va réveiller malgré elle les blessures de l'autre : elles vont être mises en évidence, conscientisées et vont pouvoir entamer un processus de libération. L'objectif est de guérir pour ne plus être manipulé par l'ego, de retrouver progressivement son authenticité, et de vibrer de sa belle intensité d'âme. Et tant que les blessures ne sont pas pansées ni totalement guéries, elles émettent une vibration spécifique amenant chaque flamme à vivre une expérience révélant la blessure enfouie. Tout au long du parcours de vie, nombreuses sont les âmes qui vont jouer un rôle dans le réveil ou la guérison des blessures. Si la flamme jumelle est celle qui appuie inconsciemment le plus fort, l'entourage de chaque flamme va avoir également un rôle important. C'est notamment le cas des personnes tierces comme la compagne ou le compagnon d'une flamme. Leur raison d'être est précieuse, permettant de jouer ou rejouer des situations propices à l'activation des blessures, à la libération de croyances limitantes et à la destruction des masques égotiques.

Chez le chaser, si la blessure principale est souvent l'abandon, les blessures de trahison, d'humiliation, de rejet et d'injustice sont également présentes. Elles vont toutes devoir être prises en charge et libérées. Là encore, il s'agit pour la flamme jumelle de désactiver les automatismes de protection qui ont été établis dès le plus jeune âge.

La blessure d'abandon est celle qui occasionne le plus de souffrance chez le chaser. Elle est liée à un manque affectif significatif subi lors de l'enfance : manque de communication, manque de tendresse, manque de réconfort. L'enfant chaser a été plongé dans une tristesse importante et une peur de la solitude extrême, l'amenant à se tourner totalement vers les autres et à devenir dépendant de leur attention. Si bien que le chaser adulte est en recherche permanente de marques d'affection auprès des autres et notamment dans ses relations sentimentales au sein desquelles il recherche la protection, la sécurité, le soutien indéfectible et des témoignages d'amour permanents. Jusqu'au chemin initiatique des flammes jumelles, le chaser n'a pas conscience de sa démarche, il se plonge corps et âme dans ses relations sentimentales lui permettant ainsi d'échapper à cette souffrance intérieure. Dès la séparation avec son runner (absence de communication, de démonstration affective et d'implication dans le lien), il se retrouve face à l'ampleur de sa dépendance affective et ne peut plus la contourner. Un accompagnement thérapeutique (hypnothérapie, sophrologie, kinésiologie, PNL…) est souvent indispensable afin de libérer les blessures du passé et d'entamer le processus de guérison. Au fur et à mesure, le chaser va s'alléger de cette souffrance et affiner la conscientisation des mécanismes de l'ego l'entraînant dans ces schémas dysfonctionnels. Naturellement, la patience et la compassion envers lui-même vont être requises car il faut du temps pour se délester de tout cela, pour que l'adoption de nouvelles attitudes s'effectue, pour apprendre à s'apporter par soi-même l'amour et la sécurité et ainsi retrouver confiance en Soi. Expérience après expérience, libération après libération, le chaser retrouvera cette complétude en lui.

Ai-je atteint mon éveil spirituel ?

Il est fréquent qu'au cours du parcours, le chaser ait le sentiment d'avoir terminé son chemin de guérison, d'être parvenu à son éveil spirituel. Toutefois, il s'agit souvent d'un leurre de l'ego. C'est pourquoi il doit apprendre à faire la distinction entre ce que son ego raconte et ce qui est la réalité et être honnête avec lui-même. Un chaser pleinement éveillé a épuré toutes ses blessures, se sent heureux seul et apaisé, quels que soient les aléas de la vie, et il n'éprouve pas le besoin d'avoir des nouvelles de sa flamme, n'attend plus le retour de son jumeau, prend soin de ses différents corps (physique, émotionnel, spirituel et mental). Lorsque le chaser est vraiment éveillé, le runner revient. Ainsi, tant que le chaser n'a pas de nouvelles de son runner, c'est que l'éveil spirituel n'est pas terminé.

Du côté du runner

Tout l'enjeu du processus de guérison du runner est de faire craquer progressivement la carapace qu'il s'est construite : son faux-self. Pendant toute cette phase, le runner va être confronté, de la même manière que le chaser, à des expériences qui vont réactiver certaines blessures, à des situations l'obligeant à revenir à lui, à son Soi et, ainsi, à devoir de plus en plus se prioriser, lui, avant les autres. Le parcours initiatique du runner est d'oser aller voir à l'intérieur de lui, d'oser découvrir ce qu'il est, ce qu'il ressent pour ainsi l'exprimer et l'affirmer à l'extérieur. Ce processus est progressif mais bien souvent invisible pendant la majorité du chemin de guérison du runner (contrairement au chaser) car il s'opère au niveau de l'inconscient pour émerger d'un seul coup avant la phase des retrouvailles.

Et puis, le runner va être amené à prendre conscience que son chaser n'est pas la cause de ses souffrances, que son chaser n'est pas un danger pour lui et parvenir à conscientiser la nature du lien et l'amour inconditionnel qu'il ressent pour son chaser.

Faire grandir son enfant intérieur

En raison d'un sentiment d'insécurité ressenti dès la plus petite enfance vis-à-vis du lien maternel, le faux-self s'est construit très rapidement, protégeant l'enfant intérieur du runner et en l'isolant du monde extérieur. L'enfant intérieur du runner est ainsi resté figé et n'a pas évolué en grandissant. D'une certaine manière, il a gardé toute sa candeur, sa fraîcheur, sa jeunesse, son innocence mais aussi son immaturité.

En avançant dans son parcours de vie, le runner va être amené à faire grandir cet enfant intérieur, à dépasser les frustrations, à révéler son authenticité, à respecter son émotionnel, à accepter sa vulnérabilité. Car si le runner sait se connecter à l'insouciance et à la légèreté de son enfant intérieur, il s'interdit de ressentir sa fragilité, d'exprimer son unicité, de revendiquer ses besoins et ses attentes, de prendre sa place légitime et juste dans toutes les sphères de sa vie.

Accueillir ses émotions

Chez le runner, la blessure de rejet creusée dès la plus petite enfance est telle que ce jumeau a dû s'isoler définitivement de ses souffrances émotionnelles pour pouvoir survivre et continuer d'avancer dans sa vie. Le faux-self empêche le runner d'accéder à ses émotions et de pouvoir les comprendre, les accepter et les exprimer aux autres. Le faux-self forme cette carapace qui empêche le runner d'accéder à son authentique soi. Si bien que le runner reste en permanence en surface dans ses interactions relationnelles, ne faisant jamais cette introspection si salutaire qui permet de déceler ce qui est bon ou mauvais pour lui. Il a de ce fait peur de tourner son regard à l'intérieur de lui-même, ne sait pas décoder ce qu'il ressent, et considère les émotions comme étant un danger pour lui, quelque chose qu'il doit fuir absolument. En d'autres termes, pour le runner, s'il y a émotion, il y a danger et la personne qui suscite cette émotion est par nature dangereuse pour lui. Le chemin de guérison consiste à obliger le runner à plonger en lui, à ressentir et libérer l'émotionnel enfoui, à discerner les émotions ressenties et à oser les exprimer à l'extérieur de lui.

Oser être Soi

Le runner a adopté une personnalité lisse, adaptable à tous et à toutes les situations afin de ne jamais être rejeté. En faisant cela, il s'est éloigné le plus possible de ce qu'il ressent et donc de ce qu'il est en tant qu'individu. Ce mécanisme étant en place depuis son plus jeune âge, il a occasionné cette incapacité pour le runner de savoir qui il est et d'oser le révéler aux autres. Il s'efface en permanence, ne s'impose jamais, prend très rarement position, se range aux avis des autres. Cette mise en retrait se joue aussi dans l'idée que le runner pense ne pas être à la hauteur et notamment vis-à-vis de son jumeau. Par conséquent, son individualité, son unicité, son authenticité sont réduites à peau de chagrin afin de ne pas trop dépasser, de ne pas déplaire, de ne pas « être » en d'autres termes. Au-delà du simple fait de s'affirmer, le runner doit aussi apprendre à se connaître. Jusqu'alors le runner se calquait sur l'avis des autres, mais son désir d'aller à la rencontre d'un plus grand nombre de personnes va l'amener à se faire sa propre idée des choses, à faire cette distinction entre ce que les autres disent et ce que lui ressent, à oser se positionner et à affirmer sa personnalité authentique. Cela passe également par l'estime de lui-même. Il a un travail à faire sur lui pour s'estimer davantage et ainsi pouvoir oser dévoiler qui il est et ce qu'il veut d'une manière authentique et juste.

Accepter le lien avec son chaser

Lors de la reconnexion, le runner ressent le lien qui l'unit à son chaser et cette intensité émotionnelle très forte qui en découle. Cependant, assez rapidement, le faux-self va prendre le dessus et amener le runner au déni. Ce dernier va se convaincre que le chaser n'est pas la bonne personne, n'est pas si importante que ça pour lui. Il va chercher à se prouver à lui-même que sa vie doit se poursuivre loin de son chaser et qu'ils seront, tous les deux, plus heureux ainsi. Toutefois, la phase de séparation va agir de manière bénéfique dans sa prise de conscience de ce lien. En effet, plus le temps va passer, plus la distance et la non-communication vont être établies, plus le runner va devoir se rendre à l'évidence : son chaser est toujours présent dans ses pensées et il ressent toujours une attirance, une douceur pour sa flamme jumelle. De plus, en raison de l'éloignement, de l'absence de cette oppression exercée par le chaser, le runner va pouvoir faire le tri dans ses pensées et ses croyances. Ce travail de discernement va l'aider à accepter qu'il existe bien un lien indestructible entre eux. Pour autant, il faudra encore attendre avant que le runner puisse mettre le terme d'« amour » sur ce lien, car il ne va comprendre que progressivement cette notion d'amour inconditionnel et spirituel qui unit les jumeaux – loin de l'amour passionnel qu'il a souvent expérimenté. Ses sensations vont s'exprimer peu à peu avec des ressentis et des émotions de plus en plus intenses. Tout d'abord, le runner pourra simplement exprimer le fait (s'il n'est pas l'âme éveillée la première) que le chaser est important pour lui. Mais plus il avancera sur le chemin de guérison, plus il clarifiera ses ressentis et plus il saura qualifier la nature du lien qui le relie à son jumeau.

La dépendance affective et les relations toxiques

Le runner est un dépendant affectif relationnel. Il a besoin des autres pour exister. Il a besoin de l'appréciation, de l'intérêt, de la validation et de la valorisation des autres pour se sentir aimé. C'est pourquoi il multiplie les échanges, les rencontres, parfois les conquêtes sentimentales pour être nourri par l'amour et l'intérêt des autres. S'il est désiré par l'autre, c'est qu'il est désirable, s'il est aimé par les autres, c'est qu'il est aimable, s'il est valorisé par les autres, c'est qu'il a une réelle valeur… et lorsqu'il se retrouve seul, c'est le vide, son estime de lui plonge complètement. Par conséquent, il fait en sorte d'être le plus possible entouré pour exister. C'est une nécessité inconsciente mais absolue. Tant qu'il ne se libère pas de ses souffrances et ne panse pas ses blessures, il est en recherche permanente du contact nourricier des autres.

Malheureusement, le runner attire souvent à lui des personnes « toxiques », parfois perverses narcissiques, qui alimentent son besoin de valorisation mais de manière superficielle, tout en maintenant au plus bas son estime de lui-même et en le manipulant.

Les relations qu'entretient le runner sont bien souvent très superficielles, sans profondeur ni réelle affection ou attachement. Les gens qui gravitent autour de lui ne recherchent pas vraiment à faire son bonheur et ne se préoccupent pas véritablement de lui. Leur démarche est rarement salutaire mais plutôt dans la recherche de bénéfices – de quelque nature qu'ils soient – qu'ils peuvent lui soutirer.

D'expérience en expérience, le runner va apprendre à distinguer les personnes honnêtes, à faire du tri dans ses relations, à s'éloigner des gens toxiques et à se considérer comme prioritaire. Il ressent de plus en plus la nécessité de s'octroyer du temps en s'offrant écoute et amour et en s'estimant suffisamment. Il va ainsi se rendre compte qu'il n'a pas besoin des autres pour exister et pour se sentir aimé et valorisé.

L'amour inconditionnel de Soi

Rejeté dès sa petite enfance – dans son émotionnel principalement, le runner s'est, par effet miroir, rejeté lui-même, cédant ainsi aux autres le rôle d'appréciateur et de juge de ce qu'il est. En se déconnectant de son Soi et par la création du faux-self (cette carapace qui l'empêche de se découvrir lui), le runner n'a jamais eu l'occasion de remettre en question ce fonctionnement et ce non-amour de lui-même. Il est persuadé qu'il ne mérite pas d'exister, qu'il n'a pas sa place auprès des autres, qu'il est une supercherie constante. Il ne s'aime pas et attend des autres une belle appréciation permettant d'occulter quelques minutes ce non-amour au plus profond de lui.

Lors de sa rencontre avec son chaser, et face à l'amour immense que celui-ci lui voue, le runner ne se sent pas légitime, il pense véritablement qu'il ne mérite pas cet amour. Il est également persuadé qu'il ne pourra pas maintenir longtemps cette « supercherie » aux yeux de son chaser et que ce dernier le quittera tôt ou tard lorsque le masque tombera. Ainsi ce non-amour du runner pour lui-même est aussi une des raisons inconscientes de sa fuite.

Naturellement, plus il va prendre en charge sa blessure de rejet, plus il pourra opérer ce retour à lui en osant découvrir qui il est, et plus il pourra porter un regard objectif sur l'être unique et merveilleux qu'il est. Il pourra enfin être dans l'estime de Soi et l'amour inconditionnel. Bien souvent, ce chemin de guérison se réalise avec un thérapeute afin de libérer la blessure profondément enfouie et apprendre à se regarder avec bienveillance et amour.

La guérison des blessures

La blessure principale présente chez le runner est la blessure de rejet. Naturellement, d'autres blessures l'accompagnent : humiliation, injustice, trahison et abandon.

Cette blessure du rejet est d'une violence extrême tant elle affecte l'être et sa construction identitaire, sa personnalité. Elle occasionne chez le runner un profond désamour de lui, une très faible estime de Soi, un rejet de lui-même et de sa légitimité à exister. Et pour pouvoir survivre en société, le runner peut être amené à s'effacer le plus possible, à être transparent, à ne pas se faire trop remarquer. Il adopte une attitude conforme aux exigences de la société, une personnalité qui s'adapte le plus possible, un être bienveillant d'une humeur constante, qui ne s'exprime jamais sur ses états d'âme ou sur ses émotions, qui n'affirme jamais son individualité ni ce qu'il pense vraiment. Il ne s'implique pas non plus dans les relations sociales afin de conserver une certaine distance sécuritaire, un détachement suffisant qui ne l'oblige pas à s'impliquer, à s'engager, ni à s'exposer de manière trop révélatrice.

Au tout début de sa rencontre avec sa flamme, le runner se rend compte qu'il peut enfin oser être lui-même devant son chaser. Cette liberté, cette possibilité nouvelle d'être authentique le surprend tout autant qu'elle déclenche chez lui une peur vive, celle d'être dévoilé et de se retrouver dans une position d'extrême vulnérabilité. Dans la première partie du parcours, le runner se sent déstabilisé et en difficulté face aux questionnements du chaser ou à l'affirmation de celui-ci qui, inconsciemment, le met face à son masque et l'oblige à exprimer son authenticité, son avis, à argumenter ses choix.

Tout le chemin du runner est de conscientiser qu'il a un ego blessé, qu'il doit prendre en charge ses blessures, et notamment celle du rejet, pour arriver à être lui-même et à l'affirmer aux autres. Tout comme le chaser, le runner doit prendre conscience de ses mécanismes égotiques, dissocier ce qu'il ressent et perçoit de ce que son faux-self raconte. Il s'agit d'un travail très exigeant, très précis qui s'effectue avec minutie pour comprendre les manipulations de son faux-self et s'en détacher. Ainsi, il apprend à donner moins d'importance aux avis et aux regards des autres pour se forger sa propre idée de ce qu'il est, de ce qu'il pense, de ce qu'il aime ou n'approuve pas. Progressivement, il se priorise, se met à l'écoute de ses besoins et de ses limites pour ne plus avoir besoin de l'aval des autres. Plus il se connecte à son Soi et plus il peut bâtir sa personnalité dans le respect de ses valeurs.

Les addictions

Si le runner est plus enclin aux addictions, le chaser peut également en avoir dans son quotidien. Les addictions récurrentes chez les flammes jumelles sont la consommation surabondante de nourriture ou d'alcool, une pratique sportive démesurée, des rapports sexuels volages en excès, ou encore la consommation de certaines drogues. Il s'agit là d'une échappatoire permettant de combler les manques affectifs, les souffrances ressenties, d'évacuer toutes les tensions physiques, psychologiques et émotionnelles de la journée ou, pour certains, de se reconnecter à leur corps physique à travers le dépassement des limites.

En se penchant sur leurs blessures, en étant de plus en plus dans le respect de Soi, les flammes jumelles sont amenées à retrouver une hygiène de vie plus respectueuse de leur corps et à se libérer des dépendances nocives pour leur bien-être et leur élévation vibratoire. En effet, la complétude doit être atteinte à tous les niveaux : corps, cœur, esprit et âme. Pas à pas et, si besoin, avec l'aide d'un thérapeute, elles vont se délivrer de leurs addictions pour adopter une alimentation équilibrée et saine accompagnée d'une pratique sportive et/ou créative adaptée à une nouvelle douceur de vivre.

Les cinq blessures

John Pierrakos, Wilhelm Reich et plus récemment Lise Bourbeau ont mis en évidence cinq blessures qui entravent notre liberté d'être et notre joie de vivre. Les flammes jumelles, comme toute autre personne, sont amenées à transcender l'ensemble de leurs blessures afin de pouvoir abandonner leurs comportements égotiques et ainsi revenir à leur essence pure, à leur Soi authentique et pouvoir être reliées à leur âme.

La blessure d'abandon

Cette blessure est causée soit par un vrai abandon physique d'un ou des parents, soit par une carence d'attention et d'affection du parent de sexe opposé (en raison des difficultés de ce parent à dépasser lui-même certaines de ses blessures, croyances limitantes, conditionnements, ou bien événements) occasionnant une absence physique, une absence de communication et d'affection envers l'enfant. Cette blessure fait naître chez ce dernier une grande tristesse et une peur d'être seul. Progressivement, la dépendance affective se crée et génère en lui le développement du masque du dépendant. Ainsi l'enfant, puis l'adulte qui se construit, est en demande de reconnaissance, de validation de ses choix et décisions, et surtout d'amour auprès des gens qu'il côtoie, et ce de manière continue et inconsciente. Sans s'en rendre compte, le dépendant affectif se place dans la posture de la « victime » (selon le triangle de Karpman, voir page 53) et va chercher à s'entourer de personnes ayant un comportement de « sauveur » vis-à-vis de lui afin de se sentir aimé et protégé. En parallèle, lui-même va avoir tendance à adopter un comportement de « sauveur » vis-à-vis des autres afin que ceux-ci lui offrent reconnaissance et affection. Le dépendant affectif aura une grande difficulté à mettre un terme à ses relations amoureuses, même lorsque celles-ci ne sont pas pleinement épanouissantes, recherchant en permanence à se modeler en fonction de l'autre, s'accommodant du peu d'amour que l'autre lui offre, tout en souffrant de ne pas réussir à être aimé davantage. Enfin, il aura également tendance à faire toujours plus, à rechercher la perfection dans tout ce qu'il entreprend afin de s'assurer de répondre aux attentes des autres et de pouvoir être aimé et se sentir digne d'être aimé.

La blessure de rejet

Cette blessure est une blessure profonde qui peut être causée très tôt chez l'enfant, même dès la grossesse. L'enfant ressent qu'il n'a pas le droit d'exister (grossesse non souhaitée, enfant conçu pour remplacer un enfant perdu…) et se sent rejeté par ses parents (l'enfant entrave leur vision idéale de l'enfant souhaité…), ou plus exactement par le parent de même sexe. Très vite, l'enfant adopte un comportement de fuite (le « fuyant »), se rejetant lui-même et s'évadant émotionnellement le plus possible afin de ne pas souffrir du rejet des autres. Reniant ce qu'il est, il recherche en permanence l'amour des autres, leur estime, pour se sentir apprécié et aimé, sans que cela soit trop impliquant pour lui. Ainsi, paradoxalement, il s'adapte en permanence aux autres, tout en maintenant une distance émotionnelle suffisante pour conserver sa pleine liberté et être nourri par l'attention et la démonstration affective des autres. Et pour plaire au plus grand nombre, il modèle son attitude, lisse sa personnalité et la calque aux convenances sociétales et sociales. Il est ainsi plongé dans un sentiment de non-appartenance. De plus, cet adulte a appris à ne pas exprimer ses émotions, ni dire ce qu'il pense vraiment. Il ne fait jamais d'esclandre, ne s'affirme pas par peur d'être rejeté. Il se range à l'avis des autres, sans réellement prendre position. Sans le savoir, il est dans une parfaite mascarade de lui-même et évite d'ailleurs de plonger à l'intérieur de lui pour découvrir qui il est réellement, tant il est convaincu qu'il est sans valeur. Il est ainsi animé d'une profonde mésestime de lui-même. Tout comme le dépendant affectif, il va chercher à être irréprochable en toutes circonstances, en contrôlant ce qu'il est en permanence et ainsi être à la juste place à chaque instant. Il va malheureusement souvent être entouré de personnes toxiques dans la mesure où il ne fait aucune sélection de son entourage social voulant être nourri par l'attention de tous (et ne voulant être rejeté par personne).

La blessure de trahison

Souvent occasionnée par le parent de sexe opposé lors de la petite enfance (entre 2 et 4 ans), la blessure de trahison est causée par une dévalorisation, un manque de soutien ou encore une promesse non tenue. Une profonde perte de confiance envers l'autre se crée chez l'enfant, le poussant à adopter le masque du « contrôlant » afin de maîtriser les autres et son environnement pour ne plus jamais être trahi. Il s'agit d'une modification en profondeur du comportement de l'enfant en souffrance. Au fur et à mesure, l'adulte en devenir développe une assurance « surfaite », avec un besoin inconscient de montrer aux autres qu'il est fort, qu'il maîtrise la situation, que l'on peut avoir confiance en lui. Il va d'ailleurs très souvent se positionner en tant que « sauveur » auprès des autres. En réalité, il s'agit d'un besoin d'être vu, d'être aimé. En parallèle, pour asseoir son contrôle, il adopte un comportement charismatique permettant de convaincre, d'être persuasif pour faire en sorte que les autres fassent ce qu'il attend d'eux. C'est aussi une manière de ne pas dévoiler son manque de confiance en lui et sa vulnérabilité. Lorsque cette blessure est très présente, l'adulte peut aller jusqu'à la manipulation, l'hypocrisie et le mensonge. Très exigeant vis-à-vis de lui et des autres, il peut être intolérant face aux personnes trop lentes ou qu'il juge trop faibles. Chahuté par cette peur permanente d'être trahi, par son incapacité à pouvoir tout contrôler aussi finement qu'il le souhaiterait, l'adulte portant cette blessure est souvent lunatique, passant d'une humeur à une autre de façon soudaine, sans raison, provoquant l'incompréhension de son entourage. Sur le plan sentimental, la séparation est une peur viscérale qui plane en permanence au-dessus de sa vie conjugale, prenant parfois, de façon extrême, toute la place. Cette blessure est souvent liée à la blessure d'abandon.

La blessure d'injustice

Cette blessure est souvent occasionnée lors de l'enfance par la rigidité, la sévérité et la froideur d'un ou des parents. Recherchant l'amour de ses parents et leur appréciation, l'enfant va très vite essayer de devenir irréprochable afin d'être enfin digne de reconnaissance et de ne plus subir ce comportement injuste. Pour y parvenir, il va lui-même adopter une attitude rigide, ne laissant rien paraître de ses sentiments, de ses émotions. Toute expression de ce qu'il est intrinsèquement et de ce qu'il ressent est étouffée. Progressivement, l'enfant s'éloigne de ce qu'il est, de ce qu'il pense. Seuls comptent son apparence et son comportement qu'il va modeler au plus près des attentes de ses parents, ou de ce qu'il croit être le meilleur modèle possible. Et progressivement, l'adulte en devenir va afficher un hypercontrôle de ce qu'il est, souvent strict vis-à-vis de lui et des autres, et en quête de perfection. Les émotions sont ressenties mais refoulées afin de faire croire que tout va bien. Il y a alors une dissonance complète entre la rigidité affichée et l'hypersensibilité intérieure réelle. Cette blessure est souvent liée à la blessure du rejet.

La blessure d'humiliation

Cette blessure est souvent produite lors de l'éveil de l'enfant à son corps, entre l'âge de 1 à 3 ans, lorsque celui-ci croit ou ressent qu'il fait honte à ses parents et plus précisément à celui qui s'occupe de lui et de sa propreté. Face aux reproches de ce parent, l'enfant ressent une profonde humiliation. Se sentant rabaissé, honteux, il va adopter inconsciemment le masque du masochiste et aura tendance à s'autodévaloriser, à se critiquer facilement auprès des autres, une manière de devancer l'humiliation potentielle qui viendrait des autres. À la fois par peur d'une pleine liberté et aussi pour être aimée par les autres, cette personne surcharge son emploi du temps, prend de nombreuses tâches à sa charge, se plie en quatre pour répondre aux attentes des autres. L'excès peut également faire partie de son quotidien (nourriture, alcool, achat compulsif…) et la prise de conscience de ces comportements excessifs nourrit à son tour cette honte de Soi. De même, elle peut être inconsciemment en recherche de situations humiliantes, se sabotant elle-même, malgré elle. Ainsi, elle aura tendance à fréquenter des gens toxiques qui ne la respectent pas, persuadée qu'elle est inférieure aux autres. La critique des autres est insupportable et suscite une souffrance profonde.

Comment s'en libérer ?

Tant que ces blessures ne sont pas transcendées, nous attirons à nous, énergétiquement, vibratoirement, les personnes et les situations qui vont réveiller et mettre en lumière les blessures non pansées, faisant ressurgir des émotions vives et douloureuses. Et plus nos émotions sont refoulées et nos blessures niées, plus elles se renforcent, générant un tourment destructeur à l'intérieur de Soi, un mal-être profond, une perte de joie de vivre progressive. Un cercle vicieux se met alors en place. Pour y remédier, il est primordial de prendre conscience de ce qui se joue à l'intérieur de Soi, être honnête vis-à-vis de soi-même, arrêter de rejeter la faute sur l'autre, sur la vie, et arrêter de se dévaluer soi-même. Il est également indispensable de comprendre que chaque âme avant son incarnation a décidé d'expérimenter certaines blessures. Nous sommes donc, d'une certaine manière, tous responsables de notre choix de vie, nous avons donc tous la responsabilité et la capacité de dépasser nos blessures et de les transmuter. Pour y parvenir, il est indispensable de se rapprocher de thérapeutes qui vous aideront à libérer la charge émotionnelle refoulée et non pleinement libérée, et qui donneront les outils indispensables pour opérer des transformations définitives amenant à la guérison. Soyez certain que vous réussirez ! Ce chemin de guérison et d'éveil demande de l'assiduité, de la persévérance, c'est certain, mais vous en êtes capable en toute objectivité.

Les retrouvailles et la réunion

Au cours des parcours de vie des flammes jumelles, il peut y avoir des « retrouvailles ». Il s'agit des moments où les jumeaux se retrouvent, échangent, partagent et se re-séparent. Très souvent il s'agit d'un appel énergétique à se rapprocher l'un de l'autre pour se ressourcer énergétiquement et aussi, de manière inconsciente, pour tester l'avancement de chacun dans son parcours. Et tant que les blessures n'auront pas été suffisamment pansées, les échanges se heurteront aux ego et réactiveront des blessures. On appelle ce phénomène la « danse des flammes ». Le runner peut ainsi se sentir poussé par l'envie de recontacter son chaser sans nécessairement comprendre pourquoi et sans avoir une envie consciente de consolider le lien dans la matière. Ces reprises de contact ne signifient pas la réunion prochaine mais simplement un temps précieux pour redécouvrir l'autre là où il en est, sans projection sur un avenir commun. Selon les duos, la fréquence des retrouvailles peut être rapprochée ou plus espacée, cela n'influence en aucun cas la durée du parcours ni l'arrivée prochaine de la réunion. Il s'agit simplement du contrat d'âme qui a été fait par le duo pour cette incarnation. Ainsi, lorsque les flammes se retrouvent momentanément, cela réactive le processus de guérison pour chacune d'elles, induisant par là même une nouvelle séparation, mais surtout une transmutation des blessures qui amène chacune à grandir et à gagner en amour de Soi.

Lorsque les duos connaissent de longues séparations, le travail sera aussi actif. Il sera en revanche provoqué non pas – ou peu – par la flamme jumelle, mais par de tierces personnes, missionnées par la Source pour faire cheminer chaque flamme sur son parcours.

L'étape de réunion, après une longue période de séparation, est possible lorsque les deux flammes jumelles ont suffisamment pansé leurs blessures, libéré leurs mémoires traumatiques et apaisé leurs mécanismes égotiques. Les deux flammes ont ainsi compris comment fonctionnent leurs ego respectifs. Elles savent tempérer leurs émotions, ne sont plus entraînées dans leurs blessures et ne sont plus dans l'amour conditionnel mais bien dans un amour inconditionnel pour tous. L'état d'unicité intérieure est enfin atteint.

Pour autant, la réunion est possible lorsque le runner est prêt à opérer ce rapprochement, dans la matière, avec son chaser. Il ne s'agit en aucun cas du bon vouloir du runner mais plus d'un ressenti énergétique inconscient qui abaisse ses peurs, lui permet de se rapprocher du chaser et de se lier enfin à lui. Cette étape est définie pour tout duo de flammes et est un passage obligé qui aura lieu au même titre que les autres étapes. Néanmoins, elle survient tardivement lorsque les deux flammes sont enfin prêtes à cheminer ensemble, l'une à côté de l'autre dans l'amour inconditionnel pour Soi, respect de l'autre et ego maîtrisés. Lorsque le runner revient vers son chaser, il n'est plus fuyant ni dans le déni, il peut enfin exprimer ce qu'il ressent et est, pour la première fois, parfaitement clairvoyant sur ce que sa flamme représente pour lui. Il est le moteur de cette réunion, parfois davantage que le chaser qui est en totale complétude, totalement guéri de sa blessure d'abandon, et qui a pris le parti de ne plus attendre son runner. Cette réunion peut enclencher une vie commune mais aussi être définie autrement selon l'envie du duo et le contrat d'âme défini. Les deux flammes vont continuer à avancer sur ce chemin d'éveil, cette fois-ci côte à côte, et elles vont aussi pouvoir se tourner vers leur mission d'âme commune et avancer vers la fusion.

Lors de la réunion, les deux flammes sont dans la réjouissance de s'être enfin réunies mais elles prennent aussi conscience qu'il y a toujours des choses qui les distinguent, qui mettent en lumière leurs différences, leurs complémentarités et ceci malgré le fait d'avoir rééquilibré en elles leur yin et leur yang. Néanmoins, n'étant plus dans la souffrance, chacune est plus à même d'accepter les divergences, d'être dans la compréhension des mécanismes de l'autre et, surtout, sans que cela occasionne de souffrance vive à aucune des deux. Car les flammes se parlent enfin d'âme à âme, et non plus d'ego à ego. Si toutefois l'ego se manifeste, elles sont capables, d'une façon plus rapide et plus facile, de revenir à l'unité, l'unicité, et par conséquent au cœur.

Enfin, les deux flammes peuvent à présent expérimenter la sexualité sacrée, cette union de l'énergie vitale terrestre de manière alchimique.

Qu'est-ce que l'amour inconditionnel ?

L'amour inconditionnel est le fait d'aimer quelqu'un au-delà d'un besoin ou d'une attente. C'est aimer cette personne malgré ce qu'elle peut faire, quel que soit ce qu'elle est et peu importe ce qui se passe entre elle et Soi. C'est l'aimer même s'il ne se passe rien avec elle, même si cette personne choisit de vivre loin ou d'aimer quelqu'un d'autre. C'est aussi savoir aimer, bien qu'elle puisse avoir un comportement blessant ou refuser de s'engager réciproquement. Cependant, l'amour inconditionnel commence avant tout par l'amour inconditionnel de Soi : s'aimer pleinement sans jugement et sans limites, savoir s'accueillir en toutes circonstances, et également aimer son corps, son émotionnel, son ego, même dysfonctionnel.

La fusion

La fusion énergétique des flammes jumelles correspond au moment où elles unissent leurs cinq corps subtils et individuels – le corps mental, le corps spirituel ou causal, le corps physique, le corps émotionnel ou astral et le corps énergétique[1] – au niveau des chakras pour ainsi former une seule unité : l'âme réunifiée. Cette étape n'est possible que lorsque chaque flamme est parvenue à guérir de toutes ses blessures, à tempérer l'ego, à harmoniser sa part yin et sa part yang, mais également ses différents corps. Cette étape requiert également que chaque flamme ait atteint un taux vibratoire très élevé et que leurs vibrations respectives soient de même intensité et de même fréquence.

En réalité, la fusion se fait en plusieurs étapes : dans un premier temps en 5D – et pour cela les deux flammes jumelles n'ont pas besoin d'être déjà en réunion. Puis en 3D, de manière individuelle, et ensuite l'une avec l'autre, lorsque les flammes jumelles sont réunies. Lorsque la fusion des deux flammes dans la 3D est réalisée, l'âme est enfin unifiée. Le parcours des flammes jumelles a atteint sa finalité.

---

1. Le corps mental est matérialisé par nos pensées, conscientes ou inconscientes, il constitue également notre personnalité.
Le corps spirituel correspond à la part divine qui est en chacun de nous et qui ne disparaît pas lors de la mort physique.
Le corps physique est notre enveloppe corporelle, et tout ce qui compose notre corps dans lequel nous nous incarnons.
Le corps émotionnel correspond à ce plan où siège et vibre l'ensemble de nos émotions et de nos ressentis.
Le corps énergétique ou éthérique est le plan qui entoure notre enveloppe corporelle, là où siège le système énergétique et qui sert de support également à nos chakras.

Néanmoins, il n'existe actuellement aucun témoignage de duo de flammes jumelles ayant fusionné, ce qui signifie que ces éléments ci-dessus sont encore de l'ordre de la pensée.

La 3D et la 5D

Tout au long du parcours, les flammes sont confrontées à cette terminologie de « 3D » et « 5D ». La 3D, ou troisième dimension (appelée également la « matrice »), correspond au plan de conscience liée à notre incarnation. C'est ce que nous vivons dans la matière, c'est-à-dire dans notre vie. Nous maîtrisons parfaitement cette dimension puisque depuis notre plus jeune enfance nous sommes pleinement impliqués dedans, de manière physique, psychologique et émotionnelle. Elle constitue ce que nous sommes amenés à vivre, à ressentir et à éprouver à chaque instant de notre vie. Notre esprit et notre ego sont parfaitement à l'aise et s'éveillent, s'animent et grandissent dans cette 3D. La 3D a la particularité d'être un niveau de conscience assez bas et chargé d'énergies lourdes.

La 5D, ou cinquième dimension, correspond à un plan supérieur beaucoup plus léger où les confrontations égotiques n'existent plus, où le cœur est pleinement ouvert et où la conscience est multidimensionnelle. Il s'agit d'un état de conscience spirituelle supérieure où les vibrations sont beaucoup plus élevées et où les âmes peuvent interagir entre elles de manière purement vibratoire et expansive.

Dans le lien de flammes jumelles, le chaser est la polarité qui est la plus ancrée dans la 3D. Le runner, quant à lui, est davantage connecté à la 5D. Ceci explique pourquoi le runner est davantage dans les perceptions et l'intuition que ne l'est le chaser, plus cartésien, plus ancré.

Pendant tout le processus de compensation et d'atteinte de la complétude, les flammes jumelles élèvent progressivement leur niveau de conscience pour gagner la 5D de manière durable. Avant de gagner la 5D, les flammes sont amenées lors de leur sommeil à voyager astralement dans la 5D. C'est ainsi que l'on parle de « voyage astral » entre les deux flammes, chacune venant chercher énergétiquement l'autre et partager des moments d'amour intense pour élever leurs taux vibratoires. Ces moments de connexion en 5D sont d'une intensité incroyable et animent chaque jumeau plusieurs heures après cette reconnexion astrale. Ces voyages sont très intenses et souvent nombreux au début du parcours, tant les souffrances et blessures sont activées dans la 3D. Ils permettent à chaque flamme de se recharger pour réussir à dépasser les étapes difficiles. Plus le chaser et le runner vont progresser dans leur parcours, plus ils s'élèvent vibratoirement et gagnent la 5D.

Pour passer de la 3D à la 5D, les flammes jumelles doivent guérir de leurs blessures, se délester de leurs bagages égotiques, élever leur état de conscience spirituelle, revenir au cœur et à l'amour inconditionnel pour elles-mêmes et pour les autres. C'est respirer la paix, vivre de joies simples et pures, être dans un bonheur doux permanent.

CHAPITRE 4

◐

L'effet miroir des flammes jumelles

Vous l'aurez compris, le mécanisme du duo des flammes jumelles est essentiellement basé sur la mise en évidence des blessures, des croyances erronées et des blocages présents chez l'autre, par effet miroir. En effet, en raison de leur singularité polaire, chacune des deux flammes révèle à l'autre, par ses agissements spécifiques, les failles, les dysfonctionnements, les blessures non guéries et l'amour sous conditions, soit tout ce qui prive l'autre de la vraie authenticité, de la vraie liberté d'être, de l'amour inconditionnel de Soi et des autres, quels que soient les situations et agissements d'autrui.

En s'incarnant ensemble, les jumeaux ont accepté de jouer ce jeu de miroirs, ce jeu qui consiste à faire émerger chez l'autre, dans une vérité sincère et sans aucun frein, ses ombres, ses peurs, ses failles et tout ce qui n'est pas réglé. Et cette authenticité du reflet, aussi abrupte qu'elle puisse être parfois, est un mécanisme parfaitement inconscient. Aussi, il ne peut être biaisé ni par l'affect ni par la compassion.

Ainsi, chaque jumeau réactive chez l'autre les blessures masquées et enfouies, occasionnant malgré lui une souffrance vive chez son double, tout en étant lui-même blessé par l'autre.

De plus, par ce jeu de miroirs, chaque jumeau en apprend sur lui-même en observant l'autre. Tout ce qui active un sentiment négatif ou une peur face aux comportements de l'autre révèle qu'il y a quelque chose en Soi qui n'est pas réglé. Par exemple, lorsque le chaser critique le comportement du runner, ou inversement, cela signifie par effet miroir que le chaser agit peut-être de la même façon mais qu'il ne veut pas se l'avouer, ou bien qu'il n'ose pas agir de la même manière que son runner en raison de certains blocages ou de certaines peurs inconscientes. Il est ainsi essentiel de prendre conscience que ce qui existe à l'extérieur de Soi est un reflet fidèle de ce qui se joue à l'intérieur de Soi. Le runner, par son attitude, aide le chaser à prendre conscience de ce qui siège à l'intérieur de lui, et inversement. Le runner et le chaser appuient sur les blessures de l'autre, sur ces dysfonctionnements, ce qui génère chez chacun des émotions vives et/ou des comportements réactionnels qu'ils doivent l'un et l'autre apprendre à maîtriser et à désactiver. Par cet effet miroir, le chaser montre au runner qu'il est dans le rejet de lui-même, qu'il n'est pas dans la révélation de son authenticité, qu'il fuit ses propres émotions. Tandis que le runner révèle à son chaser qu'il est lui-même dans l'abandon de Soi, qu'il se trahit lui-même, qu'il ne s'apporte pas l'amour ni l'affection dont il a besoin… De manière plus positive, le runner montre à son chaser son insouciance, cette légèreté qui lui permet de croquer la vie, poussant ainsi le chaser à se connecter à son enfant intérieur, à son intuition. Et le chaser montre au runner son côté yang, cette capacité à s'affirmer, à agir, à s'engager, à concrétiser ses envies dans la matière. Et tous deux mettent en exergue aux yeux de l'autre le fait qu'ils se privent, l'un et l'autre et chacun de leur façon, de leur pleine liberté d'être.

On parle souvent de l'effet des miroirs inversés. Cela se produit également pour mettre en évidence cette incapacité à se regarder totalement et cette tentative d'aller chercher à l'extérieur ce qui est déjà en Soi mais qui reste inconscient. C'est notamment le cas lorsque le chaser ne porte intérêt qu'à son runner et que ce dernier préfère n'avoir d'attention que pour le reste du monde plutôt que pour son chaser. Cet effet miroir inversé amène à observer combien l'autre agit dans le même élan mais d'une manière inversée. La polarité yin s'intéresse à tout le monde, de soi-même à une multitude d'autres personnes, tandis que la polarité yang s'intéresse à son jumeau sans s'intéresser à la multitude de personnes qui vit autour de lui. Les miroirs inversés sont là pour mettre en évidence cette nécessité de rééquilibrer les dynamiques. La voie du milieu est l'objectif à atteindre. La polarité yin doit ainsi apprendre à revenir vers son jumeau et la polarité yang doit apprendre à s'ouvrir au reste du monde. Ainsi, la systémie[1] peut enfin évoluer d'une manière plus harmonieuse.

1. Système de fonctionnement propre aux flammes jumelles dans lequel s'activent des interactions qui méritent au fur et à mesure d'être plus harmonieuses. En d'autres termes, l'objectif est de parvenir à une manière d'interagir l'un avec l'autre plus constructive et plus harmonieuse et donc de sortir de cette systémie du début de parcours.

Pour que la dynamique perdure aussi longtemps que nécessaire – c'est-à-dire jusqu'à la complétude de chacun –, la Source a ajouté le pouvoir d'attraction, cette vibration énergétique intense de reconnaissance et d'attirance vers l'autre. Ce flux énergétique entre les deux flammes jumelles est de ce fait permanent, maintenant là aussi cette notion de jeu des miroirs. Lorsque l'un guérit, l'autre se libère aussi. Lorsque l'un élève son taux vibratoire, l'autre en bénéficie aussi. Il s'agit bien d'une dynamique de duo, fonctionnant ensemble bien qu'il y ait une séparation dans la matière. Et il ne peut y avoir de tromperie énergétique, vibratoire. L'ego n'y a pas accès et on ne peut pas s'en détourner. Quand la reconnexion s'est produite, la dynamique s'enclenche pour parvenir à l'objectif fixé. La Source y veille et recadre chaque jumeau en cas d'éloignement, c'est ce que l'on appelle notamment les « foudres karmiques ». En effet, un pacte a été scellé, chaque flamme a signé le contrat, celui de s'éveiller spirituellement, de guérir de toutes ses blessures, de dompter son ego, de se reconnecter à son âme, d'être dans sa mission d'âme, d'être dans la joie de vivre et dans l'amour inconditionnel, d'être authentique, d'équilibrer son yin et son yang pour pouvoir se réunir avec sa flamme jumelle.

II

La thérapeutique

Dans cette deuxième partie, nous avons à cœur de vous transmettre le maximum de solutions, d'actions, et aussi de pratiques à mettre en place pour parcourir ce chemin le mieux possible et retrouver ainsi progressivement votre complétude. Pour les étapes les plus engageantes du parcours, nous venons préciser certains faits et y associons des thérapeutiques, des éclairages bénéfiques que nous avons nous-mêmes utilisés et/ou conscientisés pour mieux avancer sur ce chemin exigeant. Sachant qu'il nous tient à cœur d'exprimer toute notre compassion, tant nous savons à quel point le processus est long, impactant, éprouvant par moments, épuisant, mais qu'il nous amène à de grandes libérations et à la connexion avec notre âme, notre enfant intérieur, notre vraie joie de vivre et notre pleine liberté. Ce parcours peut être apparenté à l'épluchage progressif et méticuleux de toutes nos couches superficielles, anciennes, protectrices mais dépassées, qui privent notre cœur et notre âme de lumière, de souffle de vie, d'expansion, de beauté, de puissance et de rayonnement. Lorsque l'on entame ce parcours, nous sommes telles des chenilles pénétrant dans ce cocon de transformation, cette chrysalide de métamorphose. À ce stade, il n'y a qu'à laisser le processus se dérouler car, à la fin de tout ce phénomène révélateur de nos plus beaux potentiels, nous ressortirons transformés, joyeux, sereins, confiants, prêts à découvrir la vie sous un autre angle, avec une vraie capacité à rebondir et butiner avec légèreté et joie.

CHAPITRE 5

La nuit noire de l'âme

Avant les retrouvailles avec votre flamme jumelle, vous avez acquis les principes de bienveillance, d'empathie et peut-être même de spiritualité.

Mais lorsque vous avez rencontré votre flamme pour la première fois dans cette vie, c'est un nouveau niveau d'apprentissage que la Source, l'Univers, ou encore la Vie, selon vos croyances, vous impose.

Votre reconnexion s'est très certainement faite dans les premiers jours, voire les premières secondes de votre rencontre. Ces premiers jours ont été surprenants d'évidence, de partage, de communication limpide, comme si vous vous connaissiez déjà, dans un élan du cœur spontané et généreux (cette période est appelée « lune de miel »).

Cette rencontre fut telle que vous avez ressenti comme un bain de lumière divine vous inonder, un signe du destin vous plaçant au cœur de la félicité. Cette force, cette puissance divine vous a probablement étourdi, peut-être déboussolé. Vous étiez magnétiquement attiré par l'autre sans véritablement comprendre, totalement piloté par le cœur et l'énergétique.

Et après quelques jours de fluidité dans l'interaction mutuelle, les ego, les peurs, les croyances limitantes vont pousser le runner à prendre la fuite et le chaser à exercer une pression de plus en plus forte sur ce dernier, ceci conduisant aux premières séparations.

Dès ce stade, l'une des deux flammes a sombré dans sa nuit noire de l'âme. Comme nous l'avons abordé dans la première partie, cela concerne généralement la flamme chaser qui commence la première cette période de nettoyage puissant. La séparation avec son jumeau ravive sa blessure originelle d'abandon.

La colère, les cris, la tristesse, les larmes à n'en plus finir, le désespoir, et même l'envie d'en finir avec la vie, sont des sentiments et états très présents pendant plusieurs semaines ou même mois, selon les individus.

Durant cette période, le pire pour le chaser est de se sentir totalement seul. Si c'est votre cas, il n'y a alors personne dans votre entourage qui puisse comprendre, personne qui arrive à vous consoler… Même votre jumeau s'est éloigné et ne peut pas comprendre ce qui se joue en vous à ce moment-là. Vous perdez tous vos repères, parfois votre travail, et/ou votre logement, les finances sont au plus bas et/ou des tensions se présentent avec votre entourage le plus proche.

Il est rare de pouvoir échapper à ce passage inévitable. Cette nuit noire de l'âme est souvent perçue comme une « mort » éprouvante, tant physique, mentale, émotionnelle, que spirituelle.

La « mort » physique est perçue comme une éventration vous pliant à terre avec des douleurs profondes et le sentiment de mourir de chagrin. La « mort » mentale vous emmène vers l'incapacité à vous ressaisir et l'impossibilité de vous concentrer sur le quotidien. La « mort » émotionnelle vous amène à ne plus temporiser vos émotions. Vous êtes à fleur de peau, vous n'arrivez plus à trouver un état de paix et d'harmonie intérieure. Enfin, toutes ces petites morts font naître en vous le sentiment de ne plus être aimé par la Source. Souvent, vous pensez que votre « Dieu » vous a abandonné et que la vie ne vaut plus la peine d'être vécue. Ces petites morts viennent agir dans la matière et détruisent toutes vos croyances et conditions de vie (activité professionnelle, logement, finances…). C'est la perte totale de vos repères. Tout ce que vous avez construit s'effondre comme un château de cartes.

Cette nuit noire de l'âme dure autant de temps que nécessaire pour vous faire lâcher prise, jusqu'au bout… le dépouillement de l'ego entourant l'âme se concrétise totalement.

En acceptant de vous en remettre à la vie, vous pouvez enfin ressentir au fond de vous votre être. Délesté de vos couches de protection, vous découvrez un nouveau souffle qui vous amène à la renaissance. Ce dénuement vous offre la possibilité de vous accueillir totalement : une vraie naissance à l'écoute de votre âme et de votre chemin de vie. C'est le point de départ pour vous ouvrir à votre être et au reste du monde.

Une fois que la nuit noire de l'âme semble s'achever pour l'une des flammes, c'est au tour de la seconde de plonger dans ses tréfonds pour se dénuder totalement en revivant puissamment sa blessure originelle de rejet.

Dans les parcours courts (reconnexion depuis 2018), la nuit noire de l'âme peut s'opérer presque simultanément pour les deux flammes.

1er conseil : lâchez prise totalement

Lorsque nous sommes dans la nuit noire de l'âme, notre taux vibratoire diminue profondément. Nous sommes totalement déconnectés de nos capacités d'intuition. Il est nécessaire de retrouver de l'énergie ! Durant cette période, nous vous déconseillons de vous infliger un programme strict de remise en forme. Chaque chose en son temps !

Vivez pleinement cette souffrance et faites de votre mieux pour vous accueillir quand l'émotion vient vous submerger. Pourquoi ? Tout simplement parce que plus vous essayez de fuir vos ressentis, plus vous essayez de vous détourner de cette étape et plus elle vous rattrape.

Vous l'avez certainement compris, cette étape est cruciale pour vous permettre de lâcher l'ancien et de faire place au renouveau. Il est par conséquent essentiel de la vivre sans tenter de s'accrocher aux branches qui recouvrent le gouffre ou d'essayer de vous créer un harnais de sécurité.

Accepter d'observer et de vivre sans résistance vos émotions et les situations qui accompagnent cette période vous permettra de passer plus rapidement à l'étape suivante. N'hésitez pas à consulter un thérapeute (sophrologue, hypnothérapeute, kinésiologue…) pour exprimer, partager et vous libérer de vos émotions. Il est cependant évident que personne ne peut faire ce chemin à votre place.

Si vous êtes chaser, vous savez combien vous n'aimez pas être une victime. Vous souhaitez tout contrôler, même en période de crise. Cependant, la nuit noire de l'âme nécessite tout le contraire. Vous vous dites certainement : « Mais je vais dépérir si je fais cela et je risque de perdre mon travail, mon logement… ! »

Vous êtes, à cet instant précis, en train de mettre le doigt sur l'une de vos peurs primaires : celle de l'insécurité. Sachez que toutes vos peurs, et surtout celles qui sont les plus puissantes, vont être mises en lumière et vous allez devoir vous y confronter pour réussir à les dépasser définitivement. Cela requiert d'avoir foi en la vie et de savoir aussi vous faire confiance.

Si vous êtes runner, vous aurez tendance à fuir votre intériorité. Pour cela, vous allez remplir vos journées de multiples activités, de nombreuses soirées ou contacts amicaux, voire sexuels. Cependant, la Source vous poussera à revenir vers vous par le biais souvent de la maladie. Vous savez « le mal a dit ». Il n'est pas rare de voir chez le runner des blessures physiques, voire des maladies graves, autant de raisons pour vous immobiliser et vous pousser à réfléchir à votre manière de vivre vos émotions, de vivre votre vie.

Loin de nous l'idée de vous effrayer, au contraire, il s'agit de vous aider à comprendre combien ce chemin des flammes jumelles demande de la détermination et de la discipline.

Notre incarnation sur terre nous permet d'expérimenter les émotions. Par conséquent, il est essentiel d'accepter de ressentir toutes les émotions qui vont vous traverser. Ce qui peut paraître contradictoire alors que, dès notre plus jeune âge, nous avons appris à retenir nos émotions et à les refouler plutôt que de les laisser nous traverser pour les voir disparaître. « Les vrais hommes ne pleurent pas », « Ce sont les bébés qui font des caprices », « Pleurer est une faiblesse », etc. Ce conditionnement par notre société nous a amenés à ne plus écouter ce qui se jouait en nous. Et pourtant, lorsque nous apprenons à ne plus nous écouter, nous nous privons de notre liberté d'être.

Nous avons confondu la force bestiale, brutale et la puissance d'âme. Savoir écouter ses émotions, c'est communiquer avec son âme, se connaître tant dans ses qualités que dans ses faiblesses, c'est s'accepter et s'aimer. C'est découvrir véritablement qui nous sommes au plus profond de nous-même. C'est prendre possession de nos pleines capacités à aimer, à suivre nos intuitions, à exprimer notre être pour vivre notre vie pleinement.

Le refoulement des émotions est souvent un art bien maîtrisé. Pourtant, désormais, dans cette nuit noire de l'âme, la Source vous demande de ne plus vous éviter, de ne pas vous fuir, mais bien de modifier votre schéma de protection. Lorsque vous écoutez vos émotions, vous êtes avec vous-même, et non contre vous-même. N'essayez plus de vous protéger, mais accueillez-vous simplement.

Pendant cette nuit noire de l'âme, le sentiment de tristesse est quasi incessant. Mais ce n'est pas le seul. Il peut y avoir aussi la colère qui peut vous amener vers la violence physique ou verbale envers vous-même, mais aussi vis-à-vis des autres ou à l'encontre de votre jumeau. L'incompréhension fait souvent irruption, ainsi que le jugement et la culpabilité. Sans oublier l'abandon, le rejet, le mépris, l'indifférence, l'ignorance, l'irrespect, l'injustice, la trahison, l'humiliation…

Toutes ces sensations renvoient à votre enfance où vous n'avez pas toujours perçu l'amour, la bienveillance de votre famille, de vos camarades de classe, de vos professeurs, de la société.

Il est important de comprendre que votre jumeau n'a fait que mettre en évidence, par son comportement, les blessures originelles de votre vie, mais également de toutes vos vies karmiques.

Dans ce parcours de flammes jumelles, vous avez décidé, avec lui, de guérir de toutes vos blessures. Elles sont nombreuses, certes, et ne vont pas guérir en une fraction de seconde.

Il est important de comprendre, d'une part, que seuls le temps, la compassion et la bienveillance envers vous et votre jumeau permettra de panser chaque blessure, et d'autre part, que vous avez cette capacité d'apaiser votre cœur en étant conscient que vous êtes le seul à pouvoir le faire. La patience et la discipline sont donc vos meilleurs outils. Cajolez-vous !

Il ne sert à rien de se culpabiliser en pensant que vous n'êtes pas assez fort ou que vous êtes ridicule. Il est important de vous accueillir dans cette période compliquée de votre existence. S'accueillir, cela signifie s'aimer même dans ces moments pénibles.

Prenez le temps d'être avec vous, de vous offrir cet amour, cette compassion, cette écoute et ces mots réconfortants que vous savez si bien offrir aux autres habituellement.

2e conseil : la nature est votre alliée

Nos émotions négatives ainsi que nos émotions positives jouent sur l'équilibre de nos énergies.

En pleine nuit noire de l'âme, nos énergies sont totalement perturbées. Le meilleur remède pour nous aider à retrouver cette énergie, c'est de nous relier à l'énergie terrestre et à l'énergie divine.

La nature regorge d'énergies et de champs magnétiques. L'énergie des arbres, des plantes, de la mer, des montagnes, des animaux… toutes ces énergies sont vos alliées dans votre vie et encore plus lors de votre nuit noire de l'âme. Alors n'hésitez pas à les utiliser !

Forcez-vous, dans un premier temps, à sortir de votre routine et à aller chaque jour à la rencontre de la nature. Il y a forcément, non loin de chez vous, un espace vert, une étendue d'eau ou encore un lieu pour écouter le chant des oiseaux qui pourra vous accueillir. Plus vous resterez longtemps en contact avec cette belle nature que nous offre notre terre Gaïa, plus vous vous ressourcerez pour avancer dans votre cheminement.

L'énergie des arbres : la sylvothérapie

Tous les êtres vivants ont une fonction. Par leurs énergies et leurs particularités, nous pouvons utiliser leurs capacités pour notre santé. C'est ainsi le cas des arbres.

Vous est-il arrivé d'entourer le tronc d'un arbre de vos bras ? Avez-vous même eu parfois l'envie de pleurer contre lui ? Les arbres ont une puissance énergétique importante. Cette puissance, nous pouvons la ressentir lorsque nous mettons plus de conscience lors de ces « câlins ».

Saviez-vous que certains arbres nous nettoient ? Que d'autres nous apportent de l'énergie ressourçante ? Voici quelques arbres auprès desquels vous trouverez tout le ressourcement dont vous avez besoin :

- **Le chêne** vous régénère. Il apporte force et puissance et permet ainsi de retrouver l'énergie pour dépasser vos limites et réussir en utilisant toutes vos capacités. Il permet également de se protéger des mauvaises énergies.
- **Le peuplier** absorbe les énergies négatives emmagasinées.
- **Le frêne** vous amène vers votre intériorité et laisse échapper toutes vos blessures et votre tristesse.
- **Le bouleau** favorise la circulation du sang et ainsi

l'élimination en douceur des toxines, en le touchant d'une main à plat. Si vous en prenez une branche, il peut aussi stimuler votre rythme cardiaque, donc n'en abusez pas !

- **Le saule** est l'arbre idéal pour se libérer et se vider de nos énergies négatives.
- **Le bois** lavé sera votre allié pour vous protéger des énergies négatives.

Ainsi, avec un peu d'initiation, vous pourrez même écouter leur sagesse et leur message…

L'énergie des pierres : la lithothérapie

Votre système énergétique réagit parfaitement aux énergies des pierres, des cristaux. La médecine traditionnelle chinoise et les connaissances ayurvédiques montrent que ce savoir est présent depuis des milliers d'années.

Notre énergie circule dans l'ensemble de notre corps et crée de nombreux méridiens d'échanges et de transports. Les méridiens énergétiques se croisent en de nombreux points et, lorsque ceux-là sont plus concentrés, ces points de croisement sont appelés « chakras » – ce qui signifie « roue » en sanskrit.

Les sept principaux chakras sont répartis du périnée à la tête :

1er - Le chakra racine : Muladhara (le périnée) est associé à la sécurité, la survie, l'autonomie matérielle, l'abondance.
2e - Le chakra sacré : Svadhisthana (sous le nombril) est associé à la créativité, la sexualité, à l'assurance.
3e - Le chakra du plexus solaire : Manipura (pointe du sternum)

est associé à l'affirmation de Soi, l'estime de Soi, le courage, l'expression de ses émotions.
4e - Le chakra du cœur : Anahata (centre de la poitrine) est associé à la tolérance, la générosité, l'amour, la confiance, le pardon.
5e - Le chakra de la gorge : Vishuddha (à la gorge) est associé à la communication, à l'expression de Soi, à la liberté, à la sincérité, l'authenticité.
6e - Le chakra du troisième œil : Ajna (milieu du front) est associé aux pensées, aux idées, aux capacités médiumniques, à la sagesse.
7e - Le chakra coronal : Sahasrara (sommet de la tête) est associé à la spiritualité, à l'optimisme, à l'éveil, à l'imagination, à la paix intérieure.

En fonction de nos conditions de vie, ces chakras peuvent être perturbés, risquant alors de limiter la circulation de l'énergie vitale dans notre corps. Les énergéticiens sont capables de les rééquilibrer et ainsi de redonner une bonne énergie vitale au patient.

Il est intéressant de savoir que les pierres, comme les couleurs, peuvent stimuler les chakras et ainsi rééquilibrer nos énergies et nos émotions.

• Sécurité, calme et sérénité :
Ainsi lors de votre nuit noire de l'âme, le sentiment d'insécurité, le stress, les angoisses, les peurs et la dépression seront directement reliés au chakra racine. Certaines pierres comme le jaspe rouge, l'œil de faucon, l'hématite et l'obsidienne vont

stimuler cette zone et vous permettre de sentir l'apaisement s'installer.

• Optimisme et bon moral :
C'est du côté du chakra solaire que les pierres telles que la citrine et l'ambre vous offriront une belle énergie, de la bonne humeur et du courage pour dépasser les défis que vous vivez actuellement.

L'aventurine verte agit également sur l'optimisme et l'entrain. Cette pierre stimule le chakra du cœur. Vous mettrez ainsi plus de « cœur à l'ouvrage ».

• Paix intérieure :
Notre préférée est la tourmaline qui stimule tous les chakras en apportant le calme et l'équilibre du yin et du yang, et stimule notre aura.

Quant au jade, il amène l'harmonie. Il stimule le chakra solaire et permet ainsi de retrouver une meilleure estime de Soi et également de la quiétude.

• Libération des émotions :
Pour libérer les émotions refoulées, c'est la dioptase qui sera la plus efficace. Elle permet également de renforcer le pouvoir du moment présent tout en favorisant le changement.

Elle pourra également vous amener à vous remémorer vos vies antérieures (dont nous reparlerons plus loin).

• Sommeil et libération du mental :
C'est avec la charoïte que vous pourrez marquer un vrai changement dans votre quotidien. Cette pierre a une capacité incroyable pour nous libérer des pensées obsédantes et des pensées en général. En la posant sur votre chakra du cœur, vous trouverez rapidement un apaisement profond et également le calme mental. Cette pierre est par conséquent extrêmement bénéfique dans le processus des flammes jumelles pour éviter de ressasser les situations vécues qui nous empêchent parfois de trouver un sommeil réparateur.

• Guérison du passé :
Dans cette incarnation, vous êtes amené à revivre vos blessures karmiques pour vous en libérer. Elles seront moins violentes mais elles auront un effet puissant sur le plan émotionnel et même physique. L'aventurine a une approche intéressante pour libérer les blessures et les blocages. Elle agit également sur le système nerveux en le rééquilibrant. Elle calme les émotions, favorise la relaxation et permet la prise de décision.

Comment utiliser les pierres ?

La thérapeutique est la suivante : posez chaque pierre à l'emplacement de vos chakras qui demandent à être stimulés. Laissez agir la pierre au minimum 20 minutes ou portez-la toute une journée dans votre poche ou en bijou.

Comment les purifier ?

Toutes les pierres captent nos énergies. Par conséquent, il est nécessaire de les nettoyer et de les réénergétiser fréquemment. Pour cela, rincez vos pierres à l'eau claire. Puis, laissez-les se réénergétiser en plein soleil ou lors d'une pleine lune. La purification sera alors optimale et elles pourront à nouveau vous débarrasser des mauvaises énergies liées à vos pensées, à vos blessures, à vos croyances.

Attention, certaines pierres n'apprécient ni l'eau, ni le soleil. Pensez à bien vous renseigner pour réénergiser vos pierres de la bonne manière.

Les huiles essentielles et nos émotions

Cette ressource est d'une telle puissance pour notre santé physique, émotionnelle, mentale et spirituelle qu'elle fait partie des soins quotidiens à s'offrir absolument !

- Le petit grain bigarade :

Cet oranger amer est le meilleur allié pour apaiser le système nerveux. Son huile essentielle apporte le calme et aide à chasser la tristesse tout en équilibrant l'émotionnel. Il est également parfait pour le sommeil.

- La bergamote :

Adieu stress, angoisses et insomnies avec elle. La bergamote agit aussi sur les tensions grâce à ses propriétés relaxantes.

- Le bois de hô :

Il a des vertus relaxante et apaisante. C'est une huile que vous pourrez également utiliser lors de vos massages pour vous offrir un maximum de douceur en quelques gestes.

- La camomille romaine :

C'est l'huile essentielle qui agit efficacement sur l'hypersensibilité émotionnelle. Amis chaser, elle est faite pour vous ! Elle gère aussi les chocs affectifs. Elle est très utile en cas de crises de nerfs en régulant le système nerveux.

- L'encens oliban :

Chute de moral ou déprime, cette huile apaise votre esprit, éloigne les pensées négatives et vous redonne de l'optimisme rapidement.

- La lavande vraie ou lavande officinale :

Ses atouts pour les flammes jumelles ? Le calme mental et l'antidépression ! Cette huile essentielle vous ramènera au calme intérieur et facilitera votre sommeil.

- La marjolaine :

Pour un sommeil réparateur et naturel, c'est cette huile que vous pouvez utiliser avant de vous coucher. Elle a également des propriétés sédatives, elle calme l'humeur et l'irritabilité.

- Le nard de l'Himalaya :

Il a un fort pouvoir en cas de chocs émotionnels. Il vous sera d'une grande aide lors des séparations avec votre jumeau ou de la remontée de souvenirs de vos vies karmiques.

- Le néroli :

Les fleurs d'oranger apportent véritablement de la douceur en rééquilibrant votre système nerveux. Cette huile vous calmera immédiatement en quelques secondes.

• L'orange douce :
Avec elle, calme et optimisme, en toute circonstance !

• L'eucalyptus citronné :
C'est Monsieur flexibilité et anticulpabilité. Sa douceur citronnée ouvre vers une autre perception. Un peu de fraîcheur dans ce marasme de pensées !

Comment utiliser les huiles essentielles ?

Le premier conseil est de choisir des huiles essentielles bio. Elles peuvent être utilisées soit en diffusion dans l'air ambiant, soit en déposant une petite goutte sur votre poignet (sauf la bergamote). Il suffira alors de masser vos deux poignets l'un contre l'autre pour faire pénétrer. Pensez surtout à bien prendre connaissance des conseils d'utilisation indiqués sur chaque flacon afin de procéder de la meilleure manière qu'il soit. Notamment si vous êtes enceinte ou en allaitement, veillez à choisir des huiles essentielles qui ne présentent pas de contre-indication à votre état.

Les fleurs de Bach dans la nuit noire de l'âme

Les fleurs de Bach sont d'une aide précieuse dans ce parcours de flammes jumelles car elles agissent sur l'état émotionnel. Lorsque l'on est en plein processus d'épuration de nos blessures, dans l'envie de calmer notre ego ou encore de retrouver le courage de dépasser nos défis, elles sont d'une efficacité redoutable.

Voici celles qui pourront vous aider à dépasser de grands défis :
• La dépendance affective et la possessivité avec la chicorée sauvage (chicory n° 8).

Dans la relation de flammes jumelles, la possessivité ou encore la dépendance affective n'ont pas leur place. Il est important de comprendre que l'amour n'est pas sous condition. Chacun étant libre de trouver le bonheur où il le souhaite, même si c'est loin de son jumeau.

- Les schémas limitants, les croyances limitantes, le jugement et l'ego avec le hêtre (beech n° 3).

Notre jumeau nous prouve combien notre manière de penser peut être étroite. N'oubliez pas que vous êtes une seule et même âme et que vous partagez donc de belles valeurs communes. Accueillez l'autre et essayez plutôt de comprendre pourquoi il agit et communique de cette façon. Plus vous vous éloignez des jugements, tout en acceptant sa manière d'appréhender la vie, plus vous créerez un lien de confiance et de partage.

- Se consoler avec la dame-d'onze-heures (star of Bethlehem n° 29).

La relation de flammes jumelles est constamment marquée par les séparations et l'absence, sources de vraie souffrance et de tristesse. Les traumatismes vécus dans les vies karmiques ou dans l'enfance et les échanges tendus ou, à l'inverse, l'absence d'échanges avec votre jumeau, tout cela pourra être apaisé par cette fleur de Bach en quelques jours.

- Le lâcher-prise avec l'orme (elm n° 11) et la vigne (vine n° 32).

Ayez foi en la vie qui réalise au mieux vos défis. En acceptant de lâcher le contrôle, vous vous rendrez compte que vous êtes protégé. Le bonheur de s'en remettre à la Source est incommensurable.

- La confiance en Soi avec l'ajonc (gorse n° 13), la gentiane (gentian n° 12) et le plumbago (verato n° 5).

Apprendre à avoir confiance en Soi se fait petit à petit en dépassant nos peurs, nos limites. Commencez par surmonter de petits défis qui vous amèneront à vous surpasser. Nous sommes tous capables d'apprendre et de maîtriser de nouvelles choses. L'important est d'accepter d'apprendre et de solliciter l'aide des autres pour renforcer nos apprentissages et connaissances. Vous avez de grandes capacités étant donné que vous êtes une flamme jumelle. Entourez-vous de personnes qui vous encouragent à vous dépasser et éloignez-vous de celles qui sont dans le dénigrement. Il est important de préciser que, dans votre vie, vous et/ou votre jumeau êtes souvent en contact avec des personnes souffrant de perversité narcissique qui vont être dans le dénigrement, le rejet et l'irrespect de vos valeurs… Prenez le temps par conséquent de bien identifier les relations que vous entretenez depuis l'enfance.

- Le pardon avec le houx (holly n° 15).

Il vous semble peut-être difficile de pardonner à ceux qui vous ont fait autant souffrir. Cependant, il est nécessaire de comprendre deux choses. La première est que chacun joue un rôle sur terre pour nous permettre de progresser. Personne n'est véritablement victime d'une situation. Chaque défi est là pour aider à mettre en évidence nos blessures et nos peurs et nous amener à la connaissance de Soi et des valeurs de la vie. La seconde est que le pardon permet de vous libérer et de trouver le chemin du cœur. Cela ne signifie pas qu'il faille tout accepter mais ce sont de belles sagesses que de savoir pardonner le passé puis imposer ses limites par respect pour nous-même.

Être dans le cœur, c'est accepter que l'autre puisse agir avec ses faiblesses comme nous le faisons également par ignorance. Lorsque vous entrez dans votre cœur, vous touchez la grâce de Dieu, de la Source. Vous pouvez ainsi relâcher les rancunes et aller vers l'indulgence, la compassion.

- La patience avec le chêne (oak n° 22).

Apprenez que le temps est votre allié. Guérir de toutes les blessures, éliminer tous vos schémas limitants, œuvrer avec détermination sur votre chemin de vie, tout cela demande du temps. La réussite de ce parcours de flammes jumelles nécessite bien quelques années. Pour le chaser, accueillir le moment présent tel un cadeau de la vie, c'est s'offrir la patience. En vivant « l'ici et maintenant », vous devenez créateur de miracles.

- L'estime de Soi avec le pommier sauvage (crab apple n° 10).

L'amour inconditionnel de Soi passe par le fait de s'accepter tel que l'on est et non tel que l'on voudrait être. Si vous ne tolérez pas les autres, cela signifie par effet miroir que vous ne vous tolérez pas non plus. Car toutes les personnes que vous rencontrez sont le miroir d'une parcelle de ce que vous êtes réellement.

- La maîtrise émotionnelle avec le prunier myrobolan (cherry plum n° 6).

La perte de vos repères est très déstabilisante. Cela peut vous amener à perdre votre sang-froid face à votre jumeau ou à votre entourage. L'objectif n'est pas de refouler vos émotions mais bien de les ressentir et d'en comprendre le message. Ainsi, vous éviterez de communiquer avec impulsivité pour gagner en sagesse et en maîtrise de vous-même.

• La reconnexion et l'ancrage avec la clématite (clematis n° 9). Le chaser est souvent enclin à la rêverie. Savez-vous pourquoi ? Vous êtes la flamme éveillée et vous avez une détermination à toute épreuve pour amener votre duo de flammes jumelles à l'union et la fusion. Cette foi est indestructible, même si parfois vous en doutez à cause de vos peurs. Cependant, cette capacité à y croire coûte que coûte vous amène souvent vers la projection idéaliste de la relation. L'ancrage manque véritablement dans votre vie et surtout depuis la reconnexion avec votre flamme.

Comment utiliser les fleurs de Bach ?

Dès que vous identifiez une situation indiquée ci-dessus, prenez 4 gouttes sous la langue, 4 fois par jour, pendant 21 jours. Si vous ne les appréciez pas ou n'avez que peu de temps dans votre journée pour y penser, n'hésitez pas à les diluer dans de l'eau à raison de 10 gouttes pour 1 litre.

Il est possible de mélanger jusqu'à sept fleurs différentes dans la journée.

Le petit peuple de la nature

N'êtes-vous jamais entré dans une forêt qui semblait être plutôt mystérieuse ? La plus connue est celle de Brocéliande où de nombreuses légendes bercent, depuis des siècles, les terres de Bretagne.

Loin de cet endroit mythique, votre jardin ou encore les bois proches de chez vous peuvent être peuplés par des esprits de la nature. Les saisons les plus propices pour les percevoir sont à l'automne et au printemps, et plus particulièrement lors des équinoxes car elles ouvrent une porte entre nos deux mondes. Concrètement, l'espace entre notre dimension et celle des fées se réduit.

Lorsque le voile entre notre monde et le leur était plus fin, les échanges entre les fées et les humains étaient fréquents. Le rôle majeur du peuple de la nature est, depuis toujours, de protéger l'environnement. Mais ce n'est pas tout ! Les fées ont également une mission envers nous.

Elles nous montrent le chemin de la sagesse, de l'éveil, de la prise de conscience que nous sommes maîtres de notre santé, de notre environnement et de nos vies.

Comment les contacter ?

Pour commencer, le plus simple est de s'offrir du temps dans la nature ou dans son jardin pour écouter le vent, les oiseaux, les arbres… Le calme pourra alors s'installer et ainsi vous permettre d'être plus réceptif à cette communication si subtile.

Un autel (tronc d'arbre, mousse des bois…) avec des offrandes comme du lait et des perles montrera votre bonne intention vis-à-vis d'elles.

Il suffira alors de percevoir cette énergie différente qui va s'installer. Soyez patient. C'est nécessaire pour créer des échanges merveilleux et magiques.

Il n'est pas rare de voir apparaître, dans le cheminement de flammes jumelles, des messages de leur part, lors de moments de méditation, de relaxation.

Se reconnecter aux invisibles est une aide profonde pour retrouver le calme et aussi reprendre sa puissance multidimensionnelle.

3e conseil : la respiration profonde

Ce troisième conseil vous sera très utile en cas d'inquiétude et de stress intense. La nuit noire de l'âme est souvent rythmée par des périodes de lourdes angoisses qui envahissent votre esprit. Cet inconfort est difficile à apaiser. Lorsqu'une angoisse s'installe, il est important de ne pas la refouler mais plutôt de l'écouter, puis de la laisser s'échapper. Malheureusement, dans cette période trouble, notre ego s'agrippe à cette perception. La meilleure solution est de recentrer votre attention sur votre respiration.

Avez-vous remarqué combien nous ne prenons pas le temps de nous écouter ? De ressentir notre respiration ? Lorsque nous sommes enfants, nous expérimentons, nous sommes à l'affût de l'écoute de Soi, des autres et de la nature. Tout est un jeu de vie.

Puis, nous apprenons à réfléchir, à penser et nous perdons de plus en plus cette aisance pour écouter la vie en nous, pour relier notre intériorité avec l'espace extérieur qui nous touche, qui cohabite avec nous à chaque instant.

En inspirant, nous laissons cette sphère extérieure nous découvrir, nous habiter, puis, en expirant, c'est à notre tour de donner, de partager. Nous sommes constamment dans l'échange, entre vie intérieure et nature extérieure. Savoir revenir à ce partage, à cette unicité, c'est être en harmonie avec la vie, donc avec Soi, naturellement.

Pratiquer une respiration normale et profonde demande souvent de retrouver son instinct de base. Bien souvent, le stress et les peurs nous éloignent d'une bonne respiration. Nous respirons alors avec le haut du thorax et non par le ventre. Reprendre une respiration optimale demande un peu de rééducation tout d'abord.

Ainsi, lorsque la souffrance ou l'angoisse se fait trop ressentir, prenez quelques minutes et trouvez un espace calme. Puis, installez-vous confortablement sur une chaise ou allongez-vous sur un canapé ou sur un tapis de sol. Fermez les yeux et observez votre respiration. Celle-ci peut paraître très inconfortable étant donné vos forts ressentis. Inspirez profondément par le nez, laissez l'air entrer dans vos poumons puis dans le reste de votre abdomen jusqu'à ce qu'il le gonfle complètement et soulève vos côtes. Retenez votre respiration quelques secondes, puis soufflez profondément et en douceur l'air de vos poumons et de votre abdomen. Bloquez à nouveau votre respiration avant de recommencer à inspirer.

Recommencez cet exercice jusqu'à ce que vous ayez retrouvé une respiration plus apaisante.

4e conseil : la cohérence cardiaque

La cohérence cardiaque est une autre manière d'utiliser la fonction respiratoire dans le but de soulager votre anxiété et également tout stress récurrent. L'objectif est d'harmoniser notre respiration avec notre rythme cardiaque. Se rallier au rythme de son cœur, de son intériorité, de sa vie, c'est être en harmonie et ainsi retrouver le calme et l'apaisement.

Pour réaliser ce petit exercice, c'est très simple : asseyez-vous sur une chaise, le dos bien droit. Inspirez tranquillement pendant 5 secondes, puis expirez tranquillement pendant 5 secondes également et continuez cette cohérence cardiaque pendant 5 minutes.

Chaque seconde rythme les battements de votre cœur et vous amène à trouver un équilibre entre les différents corps (physique, mental et émotionnel).

En réalisant cet exercice quelques minutes par jour – et surtout en cas de stress ou d'angoisse – vous apaiserez votre corps et vos émotions. Dans un premier temps, n'hésitez pas à utiliser un chronomètre pour garder le rythme ou encore à télécharger une application spécialisée dans la cohérence cardiaque.

5e conseil : la relaxation guidée

Nous vous proposons une petite séance de relaxation guidée que vous pourrez renouveler le plus souvent possible pour ressentir la sérénité intérieure.

« Allongez-vous les bras et les jambes légèrement écartés de votre corps.
Fermez les yeux.
Concentrez-vous d'abord sur votre respiration actuelle.
Inspirez lentement et profondément pour remplir d'air vos poumons et l'ensemble de votre corps puis expirez en douceur jusqu'à ce que l'air soit totalement sorti.
Réalisez cet enchaînement 3 fois.
Puis observez le calme qui s'installe en vous et votre respiration naturelle.
Vous sentez votre corps reposé sur le sol : le dos, les avant-bras, l'arrière des cuisses, les mollets et les talons.
À présent, concentrez-vous sur votre main droite et sentez-la se détendre et les muscles se relâcher.
Puis, posez votre attention sur votre bras droit et laissez les muscles se détendre.
Posez votre attention sur votre épaule droite et sentez-la s'ancrer dans le sol.
Ressentez votre pied droit et ses orteils se détendre puis remontez progressivement sur la cheville droite, le mollet droit, la cuisse droite, le bassin, puis le pied gauche, la cheville gauche, le mollet gauche, la cuisse gauche, le ventre, la cage thoracique, l'épaule gauche, le bras gauche et la main gauche.
Enfin, portez votre attention sur votre cou, puis votre visage et le front.
Sentez maintenant le bien-être, la chaleur, et les sensations agréables de détente sur l'ensemble de votre corps.
Vous avez le sentiment que votre corps ne touche plus le sol.
Vous allez à présent choisir une couleur.

Vous allez inspirer cette couleur avec votre nez puis l'expirer par votre bouche.
Puis, vous allez choisir un lieu où vous vous sentez bien (que vous connaissez déjà ou un lieu que vous imaginez).
Prenez le temps de profiter de ce lieu qui est désormais votre lieu de tranquillité où vous pourrez revenir lorsque vous en éprouverez le besoin.
Maintenant, posez la couleur dans le ciel de votre lieu d'apaisement.
Si vous le souhaitez, vous pouvez choisir de faire entrer les personnes ou les animaux que vous aimez. Vous pouvez également choisir d'être seul dans ce lieu de plénitude. Après vous être connecté à eux, laissez les personnes et les animaux s'en aller et dites-leur à bientôt.
Vous allez maintenant quitter ce lieu. Vous pourrez y revenir quand vous le voudrez.
Progressivement vous vous reconnectez à votre respiration.
Posez ensuite votre attention sur votre corps qui se situe sur le sol de cette pièce.
Puis, posez votre attention sur votre main droite, votre bras droit et faites bouger vos doigts, votre coude. Posez votre attention sur votre épaule droite et faites-la légèrement bouger.
Ressentez également votre pied droit et ses orteils qui se mettent à bouger, puis remontez progressivement sur la cheville droite, le mollet droit, la cuisse droite, le bassin, puis le pied gauche, la cheville gauche, le mollet gauche, la cuisse gauche, le ventre, la cage thoracique, l'épaule gauche, le bras gauche et la main gauche.
Enfin, portez votre attention sur votre cou, puis votre visage et le front.

Utilisez les muscles de vos joues, votre langue.
Vous pouvez vous étirer en douceur et bailler.
Mettez-vous à présent sur le côté droit et repliez vos genoux. Avec vos bras, prenez le temps de vous redresser en position assise tout en ouvrant les yeux. »

6e conseil : la musicothérapie

Depuis la nuit des temps, les chamans utilisent le son et les rythmes du tambour pour aider le peuple à soigner le corps physique et à apaiser l'émotionnel. Le son permet également d'entrer en communication médiumnique avec les esprits.

La musicothérapie a gagné ses lettres de noblesse depuis de nombreuses années et est dorénavant utilisée dans les hôpitaux et le milieu médical en général, ainsi que dans des centres spécialisés dans la communication avec les enfants autistes.

Cette art-thérapie sera d'une aide précieuse dans l'invitation au retour au calme ainsi qu'à l'estime de Soi.

Une musique relaxante aura un rythme lent avec peu d'instruments (1 à 3 maximum). Vous trouverez de nombreuses musiques relaxantes et réénergisantes sur internet qui vous offriront douceur et bien-être, notamment celles utilisant le solfège sacré basé sur des fréquences anciennes stimulant les chakras et permettant ainsi d'agir en puissance pour les libérations et les guérisons.

Il est également possible de faire appel à un thérapeute

spécialisé dans la musicothérapie. Vous pouvez regarder sur le site de la fédération française de musicothérapie : www.musicotherapie-federationfrancaise.com

7e conseil : la méditation

Polarité yin ou polarité yang, les flammes jumelles sont des êtres hypersensibles. La polarité yang a beaucoup de difficultés à retenir ses émotions, tandis que la polarité yin les bride le plus souvent possible au point parfois de perdre la capacité de pleurer ou même de ressentir l'amour véritable.

La méditation permet de se reconnecter à Soi et, par conséquent, de ressentir le calme de l'âme et l'amour divin. Elle a également de nombreux bienfaits comme apaiser la douleur, renforcer le système immunitaire, aider à retrouver l'équilibre en Soi, augmenter la vitalité, réduire le stress…

Pour les chasers (polarité yang), la pratique assidue de la méditation vous permettra de garder une distance entre votre bien-être intérieur et les aléas de la vie ainsi que les émotions générées.

Tandis que pour les runners (polarité yin), la méditation vous permettra de ressentir l'amour en vous, d'accueillir vos émotions fortes et de vous reconnecter avec vos ressentis profonds.

La méditation peut être pratiquée avec un thérapeute. Vous pourrez ainsi poser toutes vos questions permettant de comprendre et de cheminer vers une pratique plus construite.

Toutefois, vous pouvez vous initier seul en suivant cette petite approche :

« Asseyez-vous sur un petit coussin en tailleur (c'est la posture parfaite). Laissez reposer vos mains sur vos genoux. Au début de l'initiation, vous pouvez décider de fermer les yeux pour faciliter le recentrage sur votre respiration. La méditation peut se faire également les yeux ouverts, et même en marchant pour les plus confirmés. Pour celles et ceux qui trouvent cette posture inconfortable ou douloureuse, n'hésitez pas à vous asseoir sur une chaise ou un petit banc de méditation. Évitez cependant de laisser reposer votre dos sur le dossier d'une chaise ou d'un fauteuil, au risque d'être gagné par le sommeil. La méditation est une technique permettant d'être en conscience avec soi-même et non dans la rêverie. De nombreuses personnes disent qu'elles « méditent » lorsqu'elles sont en phase de réflexion, mais c'est une erreur de langage. Dans la méditation, votre esprit reste actif et présent dans la réalité, ici et maintenant.

Dans un premier temps, choisissez un espace au calme, loin des tumultes du quotidien. (Lorsque vous serez plus expérimenté, vous pourrez pratiquer la méditation même dans la cacophonie.)

Mettez-vous en position assise. La meilleure position pour la méditation est la posture parfaite (Siddhâsana). Elle est très reposante pour le mental permettant, dans un contexte d'agitation, de stress, d'angoisse, d'apporter du calme et de l'apaisement.

Réalisez 3 respirations profondes pour entrer en douceur dans votre espace méditatif.

Progressivement, focalisez votre attention sur votre respiration sans pour autant vouloir la contrôler, la modifier ou encore la juger.

Vous verrez combien il est difficile au départ de rester centré sur sa propre respiration et combien votre mental vous conduit soit dans le passé soit dans le futur, ou même se met à commenter et juger ce que vous êtes en train de faire. Cela est tout à fait normal. Essayez cependant de ramener votre attention sur votre respiration dès que vous vous en apercevez.

La méditation peut au départ durer 3 à 5 minutes. Puis, en pratiquant chaque jour, vous pourrez être avec vous-même pendant plus de 20 minutes. Pratiquer la méditation chaque jour vous permettra rapidement de trouver le calme en vous et de ressentir l'interconnexion avec les êtres, la nature et la Source.

8e conseil : le yoga

Relier l'esprit au corps physique est désormais plus facile grâce aux différentes techniques qui nous sont proposées pour nous amener, selon nos aspirations profondes et nos centres d'intérêt, vers notre propre épanouissement personnel. Néanmoins, le yoga reste une pratique ancestrale qui a fait ses preuves auprès des hommes et femmes dans le monde entier.

Avez-vous déjà observé la sagesse profonde des hindous ? Leur vie est sobre et souvent dans la pauvreté mais ils sont dans le calme, la joie et l'acceptation. Ce peuple est extraordinaire pour cet enseignement puissant.

Dans le parcours de flammes jumelles, et surtout pendant la nuit noire de l'âme, cette pratique nous ouvre à cet alignement profond entre le monde spirituel et le monde terrestre. Nous pouvons ainsi écouter la voix de notre âme tout en restant ancrés dans notre vie incarnée.

Nul besoin de maîtriser toutes les postures du yoga pour s'initier. Vous pouvez néanmoins décider de suivre des cours auprès d'un enseignant et ainsi découvrir en profondeur cet univers. Il existe également des vidéos, des sites internet, des ouvrages vous exposant les premières postures faciles que vous pourrez réaliser par vous-même.

Afin de mieux vous convaincre de l'intérêt de cette pratique, nous avons choisi de vous présenter trois positions qui pourront devenir vos alliées pendant votre parcours de flammes jumelles.

Ces postures ont été sélectionnées pour plusieurs intérêts :

- la facilité à les pratiquer au quotidien ;
- leur impact sur le bien-être qu'elles procurent tant physiquement qu'émotionnellement ;
- leur action sur le mental et notamment en période d'angoisse ;
- l'effet bénéfique immédiat et sur le long terme.

La salutation au soleil (Surya Namaskara)

La salutation au soleil est une succession de douze mouvements qui permettent d'éveiller le corps en stimulant l'ensemble des muscles. Elle est donc souvent réalisée au début d'une séance de yoga. Ses intérêts sont nombreux comme l'action sur la digestion, la stimulation des abdominaux et des organes de l'abdomen, la respiration, les poumons, le cœur, la circulation sanguine, la tension artérielle.

Dans le cadre de la nuit noire de l'âme, la salutation au soleil a pour actions bénéfiques l'amélioration du sommeil, l'éloignement des inquiétudes et le retour au calme lors des périodes anxieuses.

Cependant, pour que ses effets soient rapidement ressentis, il est important de pratiquer cette posture chaque jour en réalisant cet enchaînement 3 à 10 fois dans la journée.

Technique

Mettez-vous debout, jambes serrées, et positionnez vos mains l'une contre l'autre devant votre thorax. Inspirez et levez vos mains jointes au-dessus de votre tête et poussez-les en arrière en accompagnant de votre tête le mouvement. Vos yeux doivent suivre le mouvement de vos mains et votre dos doit par conséquent se courber légèrement vers l'arrière.

Expirez en descendant vos mains vers vos pieds. Elles doivent toucher le sol. Votre tête se pose sur le devant de vos cuisses, ou vos genoux pour les plus souples.

Inspirez, pliez les genoux, et réalisez une fente arrière avec votre jambe gauche. Ne baissez pas la tête et regardez droit devant vous. Maintenez cette position quelques secondes, puis amenez votre jambe droite parallèle à votre jambe gauche, tout en soulevant votre fessier vers le haut – c'est la position du « chien tête en bas ». Vos jambes sont tendues. Vos bras sont bien tendus et dans l'alignement de votre dos plat. Votre tête est rentrée entre vos bras. Vous formez alors un A. Gardez vos pieds et vos mains bien à plat sur le sol.

Puis relevez votre tête, pliez les bras et descendez votre corps vers l'avant pour venir quasiment vous allonger au sol. Les genoux restent légèrement pliés et les fesses légèrement soulevées. Restez quelques secondes dans cette position en respirant en douceur.

Soulevez votre tête vers le haut en vous appuyant sur vos bras et posez votre bassin au sol. Les bras sont alors presque totalement étirés, le dos recourbé vers l'arrière.

Puis, à l'aide de vos bras et de vos pieds, soulevez votre fessier pour reprendre la position en A. Restez quelques secondes pour respirer en douceur.

Avec votre jambe gauche, réalisez une fente avant. Conservez bien votre dos droit et la tête relevée. Ramenez votre jambe droite à côté de votre jambe gauche puis dépliez vos genoux et redressez votre dos doucement.

Relevez vos bras, mains jointes au-dessus de votre tête avec le dos courbé et le regard projeté vers vos mains. Et revenez en position de prière.

La salutation au soleil peut alors recommencer en démarrant cette fois-ci avec la jambe droite.

Le fœtus (Pavana Muktâsana)

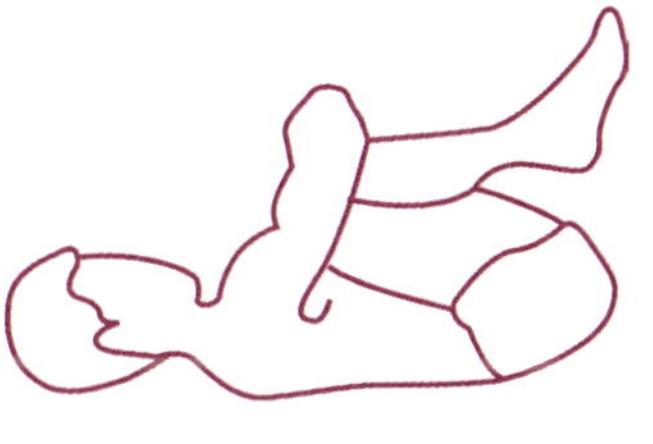

Le fœtus est une position qui, comme son nom l'indique, ressemble à la position que nous prenons dans le ventre de notre mère. Cette posture permet de descendre le diaphragme et ainsi d'offrir une respiration plus profonde amenant au calme. Particulièrement lors d'une période intense, rythmée par des angoisses et de l'anxiété, cette posture va aider, grâce à la pression exercée par les jambes sur le plexus solaire propice au retour au calme et à la douceur, au relâchement des tensions du dos.

Technique

Allongez-vous sur le dos. Repliez votre jambe droite vers votre abdomen. Avec vos mains, attrapez le genou sans exercer de pression importante. Prenez le temps de respirer 3 à 4 fois en douceur tout en maintenant la colonne vertébrale bien ancrée au sol. Votre jambe gauche doit être détendue.

Puis, orientez le genou vers votre épaule gauche et respirez à nouveau 3 à 4 fois pour bien vous détendre. Amenez la jambe gauche au côté de votre jambe droite et maintenez-les ensemble avec fermeté à l'aide de vos avant-bras. Le dos reste toujours bien allongé sur le sol. Seuls la nuque et le devant de vos épaules se soulèvent. Placez votre menton entre vos genoux puis respirez 3 à 4 fois en douceur.

Enfin, redescendez votre nuque sur le sol tout en maintenant les genoux dans la même position. Poursuivez la respiration profondément une dizaine de fois.

Vous pouvez légèrement vous balancer de chaque côté pour réaliser un massage du dos.

Reposez votre jambe gauche puis votre jambe droite sur le sol.

Pour que cet exercice soit complet, prenez le temps de

recommencer cette technique en commençant cette fois-ci par la jambe gauche.

Le crocodile (Makarâsana)

Cette posture de relaxation est très simple à réaliser également et permet rapidement de détendre le dos. Les peurs, le stress et les doutes amènent fréquemment à contracter le dos et plus particulièrement les omoplates, les trapèzes et les épaules. La durée de la nuit noire de l'âme et les vagues de gros nettoyages peuvent charger en tensions votre dos ; d'où la fameuse expression « en avoir plein le dos ».

Pratiquer la posture du crocodile produit un soulagement de la tête aux pieds, grâce à la respiration.

Technique

Allongez-vous sur le ventre et écartez vos jambes d'une trentaine de centimètres. Positionnez vos pieds de sorte que les orteils soient tournés vers l'extérieur de chaque côté. Repliez vos avant-bras, comme si vous souhaitiez poser votre tête sur vos mains. Étirez vos coudes le plus loin devant vous. Posez votre front sur vos poignets croisés ou le dos des mains.

Inspirez profondément et en douceur afin de ressentir le dos se soulever comme une onde bienveillante. Puis, expirez en douceur et en profondeur. À chaque inspiration et expiration, le dos se détend de plus en plus. Si vous avez envie de bâiller, ne vous retenez surtout pas.

Vous pouvez pratiquer cette technique autant de fois que nécessaire pour vous sentir plus détendu.

Bien sûr, ces trois postures ne sont qu'une infime partie de la pratique globale que le yoga peut nous enseigner.

9e conseil : la chromothérapie

Savez-vous que chaque couleur non seulement stimule vos chakras pour redonner une énergie plus puissante, mais permet aussi d'apporter de réels effets sur vos émotions ?

Le rouge

Il est en lien avec le chakra racine. Il incarne la puissance, la force, l'ancrage. Avec le rouge, vous retrouvez le courage de vous surpasser et d'avancer dans votre vie. Il est également le symbole de l'amour et de la passion.

En thérapie : manque d'intérêt, rhume, hypotension.

En excès : irritabilité, agressivité, fatigue.

L'orange

Il stimule le chakra sacré. C'est une couleur qui augmente la vitalité et l'enthousiasme. Avec cette couleur vous retrouverez l'ambition et l'imagination créatrice qui vous mènera vers votre épanouissement personnel et professionnel. Vous gagnerez aussi en assurance et reprendrez confiance en vous.

En thérapie : santé émotionnelle, communication, hyperthyroïdie…

En excès : nervosité et agitation.

Le jaune

Cette couleur fait référence au Soleil, à la chaleur. Elle est donc reliée tout particulièrement au plexus solaire.

Le jaune apporte la gaieté, le dynamisme et l'action. Pour vous réconforter et apaiser vos émotions, n'hésitez pas à visualiser la couleur jaune dans votre quotidien.

En thérapie : antidépresseur, trouble digestif.

En excès : irritabilité et préjugés.

Le vert

La couleur de la nature, de l'espoir. Le vert est en lien avec le chakra du cœur. Il apaise les cœurs brisés et est associé au bonheur. La couleur verte agit sur notre sentiment de sécurité et de confiance.

En thérapie : calme, fatigue physique et mentale, système circulatoire et système nerveux.

En excès : déprime, affaiblissement…

Le bleu

C'est la couleur de l'apaisement, de la sagesse, de la vérité. Le bleu peut également vous accompagner dans la pratique de la méditation. Ainsi, vous pourrez plus facilement vous détacher de vos pensées. En l'utilisant vous stimulez votre chakra de la gorge : chakra de la communication, de la pensée, des rêves.

En thérapie : insomnie, fatigue psychique, stress, palpitation cardiaque, hypertension, fièvre, douleur aiguë.

En excès : mélancolie.

Le violet

Il est en lien avec le chakra coronal. Il est relié à la spiritualité, à l'éveil et à l'optimisme.

Le violet symbolise le romantisme, l'idéalisme, le repos et la pureté.

En thérapie : peurs, angoisses, perte de mémoire, détox, rhumatismes.

En excès : peine et colère.

Le rose

Le rose nous parle de séduction, d'innocence, de féminité et d'amour inconditionnel.

Il n'est pas relié aux sept premiers chakras mais la couleur rose apparaît sur le chakra du cœur, lorsque les flammes jumelles se connectent à l'amour inconditionnel.

En thérapie : manque d'affection, réconfort, système cardiovasculaire.

En excès : codépendance, illusion.

Amusez-vous à mettre des couleurs autour de vous, à vous habiller avec des couleurs stimulantes, à pratiquer l'art-thérapie avec des crayons de couleur ou en peignant. Jetez votre stylo noir et achetez une gamme complète de stylos de couleur. Si vous travaillez devant un ordinateur, posez des cartes de couleur en bas de votre écran.

Mettez de la couleur dans votre quotidien et vous y mettrez de la vie !

10e conseil : la thérapie par le rire et le sourire

Avez-vous déjà essayé de rire ou de sourire dans un moment de mélancolie ? Cette thérapie est très simple. Vous pouvez même la réaliser dans votre voiture si vous ressentez le mal de vivre.

Le rire ou le sourire ont un pouvoir extrêmement intense sur nos états d'âme. Faites l'expérience pendant 10 minutes et vous verrez que vous changerez votre perception de la vie aussi facilement que cela. Vous pouvez aussi décider de rire aussi longtemps qu'il le faudra pour être gagné par la joie.

Bien sûr, il est plus agréable de rire avec des amis ou devant une comédie. Mais le faire seul nous redonne un sacré pouvoir sur nous-même.

Si vous avez des difficultés à réaliser ce petit défi, choisissez un livre, un film, une histoire drôle, un souvenir de votre existence où vous avez eu un fou rire magistral et riez !

Nous partageons avec vous également une citation de Beaumarchais chère à notre cœur depuis de nombreuses années : « Je me presse de rire de tout, de peur, un jour, d'être obligé d'en pleurer. »

11e conseil : la pensée positive

La nuit noire de l'âme amène véritablement à tout voir en noir ! Il est même rare de vivre des instants de rire, de joie. Et pourtant, vous autoriser à vous offrir des espaces plus positifs, plus doux vous apportera un peu de réconfort. La pensée positive est essentielle. Il est en effet primordial d'essayer de préserver une lueur d'espoir, même dans l'obscurité, en gardant confiance dans la Source qui ne vous abandonne pas, et en conservant à l'esprit que ce n'est qu'une étape – certes douloureuse – de votre vie, de votre présent. N'oubliez pas qu'il ne s'agit que d'une période passagère et non des prémices d'une sombre vie.

Quand se termine la nuit noire de l'âme ?

Il est difficile de répondre à cette question en donnant une durée ou une date. Mais la réponse est la suivante : lorsque vous avez écouté pleinement votre âme et ses douleurs, lorsque vous avez fait le deuil des croyances limitantes sur la relation amoureuse, lorsque vous avez accueilli votre vulnérabilité et votre humilité, lorsque vous comprenez votre polarité prédominante yin (féminine) ou yang (masculine), vous êtes à cet instant précis dans une ouverture d'esprit totalement nouvelle, vous rapprochant de votre être profond.

C'est à ce moment-là que vous entrez dans l'éveil, en alignement avec votre divinité. La nuit noire de l'âme laisse place à la lumière de votre puissance d'âme.

Vous découvrez, alors, la compensation…

CHAPITRE 6

La compensation et préréunion

Comme son nom l'indique, la compensation est l'étape de cheminement suivant la nuit noire de l'âme que vous entreprenez pour trouver l'équilibre entre vos essences yin et yang. Comme nous l'avons vu précédemment, le yin et le yang sont des concepts utilisés en philosophie chinoise pour désigner la dualité et la complémentarité de chaque composante de vie.

Dans la première partie de cet ouvrage, nous avons vu que lorsque nous rencontrons notre flamme jumelle, nous comprenons rapidement combien l'autre est à la fois « ce que nous sommes » et notre opposé. Cette différence est liée à notre polarité dominante.

Quoi qu'il en soit, il est important de savoir que nous sommes tous le fruit de deux essences : l'une plus féminine et l'autre plus masculine. Que nous soyons un homme ou une femme, nous avons ces deux polarités en nous. Les équilibrer permet de sortir de la dualité et d'emprunter ainsi le chemin de la voie du milieu, c'est-à-dire en utilisant leurs qualités complémentaires.

Pour comprendre le principe, prenons un exemple. Vous êtes une flamme dite « chaser » et vous avez tendance à exprimer vos émotions avec force. Vous êtes plutôt impulsif et avez beaucoup de mal à gérer vos émotions. Dans ces conditions, si votre jumeau exprime une opinion qui vous blesse, vous aurez tendance à réagir avec votre essence yang mal maîtrisée. Votre essence yin vous permettra de ressentir l'émotion que cette situation déclenche en vous, cependant, vous ne saurez pas la maîtriser et votre réaction sera excessive voire agressive.

Dans cet exemple, il n'est pas question de réprimer une émotion, ni de vous taire. Au contraire, il s'agit d'écouter l'émotion qui s'éveille en vous, d'en comprendre la blessure originelle dont elle émerge, puis d'exprimer avec bienveillance ce qui se joue en vous à ce moment précis. Vous pourrez alors dire ceci à votre jumeau ou à vos proches : « Ton propos a éveillé en moi une tristesse, une blessure. Je me sens… »

Chaque flamme jumelle est guidée au cours de cette vie pour retrouver ses deux polarités.

Découvrons l'intérêt de ces deux essences :

Essence yin - féminin sacré

Le yin est en lien avec l'intuition, la créativité, la douceur, la sexualité sacrée, la sagesse, l'accueil, l'énergie…

Le féminin est extrêmement relié au corps et au sexe, à l'incarnation et à la matière.

Pour équilibrer notre essence divine féminine, il est nécessaire de guérir des blessures liées à la sexualité et d'accepter son incarnation sur terre. La terre, appelée Gaïa, est la puissance divine féminine dans notre incarnation. C'est d'elle que nous allons puiser, par le chakra racine, notre équilibre yin.

Sur le chemin de flammes jumelles, les femmes – principalement – sont amenées à se réconcilier avec leur sexe, leur sexualité. Il n'est pas rare de devoir réaliser des soins ainsi que des reconnexions avec sa matrice féminine amenant au pardon, puis à la guérison. Les blessures endurées pendant des siècles par les femmes sont logées dans cette matrice. La femme, flamme jumelle, aura à accueillir son cycle menstruel, son corps, et également honorer ce lieu sacré en elle. La relation sexuelle s'ouvrira, alors, à une nouvelle sagesse divine.

Les hommes dont la polarité dominante est le yin ont eux aussi cette puissance instinctive et totalement reliée à la Source, leur permettant de ressentir ce lien énergétique intense avec leur flamme jumelle et l'ensemble de la création terrestre.

Dans un duo de flammes jumelles composé de deux femmes, celle qui portera la polarité yin sera amenée à apaiser sa part féminine. Rappelez-vous toujours que même si vous êtes dans une polarité, celle-ci n'est pas équilibrée. Par conséquent, la sexualité peut être reliée à la domination, au pouvoir sur l'autre ou aux dépendances. La sexualité se doit d'être un prolongement de bienveillance, d'équilibre et de partage.

Dans un duo de flammes jumelles composé de deux hommes,

il y aura aussi une question de nettoyage et encore plus : l'homme a tout autant besoin d'épurer les blessures causées aux femmes (qu'il porte en lui, puisque nous nous incarnons dans nos vies antérieures aussi bien en femme qu'en homme) et donc réintégrer et réharmoniser leur polarité yin, dans la mesure où, dans cette société patriarcale, nombreuses sont les injonctions faites aux hommes pour ne pas accepter ou pour étouffer l'expression de leur polarité yin (émotionnel, tristesse, sensibilité…).

Essence yang - masculin sacré

Le yang est en lien avec la protection, le réconfort, l'action, le mental, le mouvement, les inspirations (construction, idée…), la puissance et la spiritualité. Le yang est donc relié au ciel, à l'Univers.

Une polarité yang mal équilibrée confond puissance et force. La puissance amène aux actions pacifistes, tandis que la force amène à la destruction, la domination et le pouvoir. La société actuelle est encore gouvernée par l'essence yang à l'extrême, sans équilibre.

Les flammes jumelles auront toutes à maîtriser, canaliser et redonner de la puissance, de la rondeur à leur polarité yang.

Certaines flammes jumelles ne présentent pas de polarité extrême mais une alternance des deux polarités sans pour autant être dans l'équilibre. Elles auront alors une alternance d'excès yin et d'excès yang. En entrant dans la compensation, nous avons cerné nos extrêmes et cette phase va nous amener à trouver l'harmonie en nous.

Équilibrer ses deux polarités demande de bien se connaître, de s'accueillir et de s'accepter pour enfin œuvrer vers l'unicité.

Pour vous accompagner sur ce chemin de reconnexion et d'harmonisation yin/yang, vous trouverez de nombreux ateliers accessibles dans votre région. Il existe également des festivals du féminin et du masculin divins au sein desquels vous pourrez vous ressourcer et éveiller en harmonie vos polarités. Nous sommes nous-mêmes coorganisatrices du Festival du Féminin de La Rochelle.

Comment équilibrer ses parts yin et yang ?

Avant tout, il est primordial de vous consacrer du temps et de l'écoute. La fuite en avant qui consiste à ne pas vouloir regarder notre mode de fonctionnement est à conscientiser. Car, que nous soyons chaser ou runner, nous avons tous tendance à rester dans notre mode de fonctionnement et à reculer devant l'engagement quotidien que requiert ce rééquilibrage. En effet, pour atteindre ce nouvel équilibre, il est nécessaire d'adopter une nouvelle ritualisation de notre quotidien.

Pour les polarités marquées par le yang, l'objectif est d'intégrer davantage de pratiques amenant à « être » et à se reconnecter avec l'énergie yin. Cela signifie que la pratique du yoga, du qi gong ou de la méditation quotidienne est essentielle. La pleine conscience, l'ancrage, les balades en pleine nature doivent être le plus possible intégrés dans votre quotidien. Il est essentiel aussi d'arrêter d'être toujours dans le « faire » ou le contrôle pour, au contraire, « être » dans l'instant présent. Apportez-vous plus de douceur, de calme, de tranquillité, d'espace, de temps.

Pour les polarités marquées par le yin, la nécessité première est de vous ancrer davantage dans votre quotidien. Pour cela, l'ancrage à la terre est essentiel. Il est aussi indispensable de faire descendre votre conscience dans votre corps. La pratique d'une activité physique vous permettra de ressentir votre corps, de l'incarner pleinement. N'hésitez pas également à toucher la terre, les herbes folles et à vous relier à l'énergie de Gaïa. Si vous avez tendance à procrastiner, adoptez de nouvelles habitudes pour mieux organiser vos tâches administratives et avoir un foyer rangé et plus structuré.

Cette phase de compensation est une étape extrêmement importante et incontournable pour retrouver son unicité. Elle demande par conséquent discipline, engagement envers Soi et volonté à toute épreuve. Il est donc nécessaire d'en comprendre le sens véritable : se choisir !

C'est un vrai retour à Soi qui nous est demandé pour se connaître pleinement, s'aimer pleinement, et avancer vers cet équilibre en nous.

1er conseil : se choisir Soi

Être flamme jumelle, c'est surtout un hymne à la vie !

Nous sommes souvent orientés vers notre jumeau en pensant à l'autre constamment. Nous pensons que la Source nous prive de notre flamme, alors qu'il n'en est rien. La Source nous laisse le temps, chacun de notre côté, de prendre soin de nous pour mieux nous retrouver.

Cette distance nous permet de mieux comprendre nos mécanismes de défense et nos faiblesses.

Comment reconnaître ses faiblesses ?

Depuis votre tendre enfance, vous avez certainement entendu des phrases comme : « Un jour, tu rencontreras un homme/une femme qui sera là pour toi, qui t'offrira tout ce que tu attends, tout ce dont tu rêves. Tu seras pleinement heureux d'avoir à tes côtés l'homme/la femme de ta vie » ; ou bien : « Un homme/une femme doit tout faire pour te rendre heureux » ; ou « Si un homme/une femme n'est pas auprès de toi, alors il/elle ne t'aime pas » ; ou encore « Une vraie femme doit préparer de bons petits plats, entretenir la maison, et se donner sexuellement si elle veut garder un homme auprès d'elle »...

Ces phrases prononcées par nos familles ou nos amis, sans compter les films, livres, etc. créent en nous des schémas et croyances particulièrement rigides.

Il est évident que lorsque nous arrivons à l'âge adulte, nous attendons beaucoup de notre compagnon/compagne de vie afin qu'il/elle vienne nous donner ce que nous sommes incapables de nous offrir. Nous croyons que seule une personne extérieure pourrait nous offrir ce que nous n'avons pas.

Ce chemin de flammes jumelles va, au contraire, détruire ces schémas de pensée qui nous confortent dans l'amour sous condition et dans l'attente d'être sauvé.

La Source souhaite que vous vous offriez tout ce qui vous manque par vous-même. Pourquoi ? Tout simplement afin de découvrir votre puissance d'âme.

En étant contraint et forcé à avancer seul, vous vous ouvrez à la pleine découverte de votre être. Ainsi, vous acquerrez confiance en vous et estime de vous-même, et vous développerez aussi l'ensemble de vos capacités. La solitude sera également un allié dans l'épanouissement de vos pleins potentiels.

La découverte de Soi va demander du temps surtout si vous êtes toujours dans l'attente que l'autre revienne. Sachez que rien ne changera si vous ne faites pas les changements par vous-même. Il est essentiel de conscientiser que vous êtes moteur de votre vie et responsable de votre bonheur et de vos rêves.

N'oubliez pas : personne n'est victime de la situation, ni de sa flamme.

Accueillez ces années en solitaire comme un cadeau de la vie. Plus vous irez dans l'acceptation, plus vous avancerez à pas de géant.

Nulle âme n'a besoin d'être sauvée par une autre âme. Vous pouvez choisir de vous soutenir en vous éloignant du triangle sauveur-victime-bourreau. Cependant, il est nécessaire d'admettre que les dépendances et les schémas peuvent véritablement entacher ce lien. Par conséquent, le mot d'ordre est : choisissez-vous !

Nous ne sommes pas dans l'égoïsme, car les flammes jumelles sont d'une générosité puissante, mais bien dans le retour à Soi. En vous centrant sur vos aspirations, votre propre réconfort et confort, votre attention particulière à chouchouter votre corps, à lui offrir le meilleur, vous vous redonnez le pouvoir de changer votre vie.

Comment se choisir ?

Cela signifie prendre soin de son corps physique, de sa conscience émotionnelle, de sa conscience spirituelle et de sa conscience intellectuelle. Mais ce n'est pas tout !

C'est aussi s'épanouir et s'amuser dans cette vie par ses propres moyens, dans les nombreux domaines de votre vie (familial, professionnel, social) tout en conservant une totale indépendance, même financière.

Si vous êtes arrivé à cette étape de parfaite complétude – cet équilibre des deux polarités –, alors félicitations ! Vous êtes proche de la réunion, de l'unicité, voire de la fusion avec votre flamme jumelle.

Attention cependant : la finalité n'est pas la réunion avec votre flamme, mais bien la réunion intérieure, votre unicité profonde et singulière.

Toutefois, si vous avez choisi de lire cet ouvrage, c'est que vous êtes dans le cheminement de cette « ré-union ».

Il est temps de retrouver votre pleine puissance. Et pour cela, nous vous proposons de commencer par faire un premier constat.

À vos crayons ! C'est à vous de vous exprimer ! Le petit questionnaire qui suit vous permet d'identifier vos limitations, vos envies et vos objectifs :

Où en êtes-vous dans l'amour inconditionnel de vous-même (corps et conscience) ?

....

....

Avez-vous des activités de loisir chaque semaine ? Avez-vous le sentiment de vous amuser tous les jours ?

....

....

Êtes-vous totalement épanoui dans votre vie professionnelle ?

....

....

Quels sont vos peurs et blocages émotionnels ?

....

....

....

....

Où en sont vos blessures (abandon, rejet, trahison, humiliation, injustice) ?

....

....

Aimez-vous votre jumeau inconditionnellement ?

....

....

Prenez-vous le temps de partager des moments de plaisir, de joie avec votre entourage (amis, famille, collègue) ?

....

....

Quels sont les liens à pacifier avec votre entourage familial ?

....

....

Quelles sont vos dépendances et addictions ? Quelle histoire racontent-elles ?

....

....

Êtes-vous totalement indépendant financièrement ? Êtes-vous réconcilié avec l'argent ?

....

....

À présent que vous avez une idée des défis à mener, il est grand temps de vous mettre en route !

2e conseil : reprendre sa puissance

Dans ce cheminement de flammes jumelles, il est plus qu'essentiel de comprendre que le plus important est de découvrir qui vous êtes véritablement. De ne pas vous limiter par la société, par vos peurs, par votre entourage. Tout est réalisable à la seule condition de vouloir s'offrir le meilleur : votre épanouissement !

Avez-vous, vous aussi, le sentiment de survivre dans cette vie mais de ne pas vivre véritablement ? C'est-à-dire de ne pas réaliser vos rêves ? De faire continuellement des choix qui ne sont pas vraiment liés à vos envies ? Des choix qui vous permettent simplement de rester dans votre quotidien sans sortir de ce schéma que vous répétez chaque jour ?

N'avez-vous pas envie de prendre possession de qui vous êtes vraiment ? De dépasser vos peurs en croyant en vous, en lâchant prise sur le matériel, l'argent, le « qu'en-dira-t-on », mais avec la volonté que plus rien dorénavant ne pourra vous arrêter dans votre recherche du vrai bonheur.

Oui, nous avons tous cru que le bonheur était d'avoir un travail, une maison, un chien, une famille et nous avons donné toute notre énergie pour tenter d'y parvenir.

Mais, même si nous y arrivons parfois, nous nous retrouvons perdus dans ce monde qui finalement n'est pas celui qui nous fait vibrer, n'est pas celui qui nous motive à nous lever le matin, n'est pas celui qui nous permet de nous sentir vivants.

Comment se sentir vivant ? Comment se sentir plein de vie comme cet enfant que nous étions ? Comment lâcher nos peurs et prendre de vraies décisions pour notre bonheur, pour notre bien-être ?

Notre dicton : « C'est une belle journée pour réaliser ses rêves ! »

Sachez que, nous aussi, nous nous sommes cachées derrière notre statut, nos diplômes, cette étiquette, car nous avions besoin d'être reconnues, d'être valorisées… Nous voulions être quelqu'un dans cette société du paraître. Nous n'avions alors pas compris que nous étions déjà uniques et merveilleuses à notre manière et que la notion d'être n'est pas liée à la conformité mais à l'authenticité de ce que nous sommes véritablement.

Et vous, qui êtes-vous vraiment ?

Êtes-vous diplômé, avez-vous un « statut social » ?

Lorsque vous faites tomber vos masques, vos déguisements, qui êtes-vous vraiment ?

À cette étape de la compensation, la nuit noire de l'âme a balayé les masques de l'ego, du paraître et de la bienséance. Vous êtes dénudé et prêt à vous accueillir. Mais qui êtes-vous sans vos masques ?

C'est ce que nous allons découvrir ensemble, car au-delà de toutes vos apparences se cache votre magie, votre étincelle unique avec de vraies valeurs et de belles qualités qui ne demandent qu'à s'exprimer.

Quel est le lien entre le fait de savoir qui l'on est et l'énergie ? C'est la base de tout ! Vous en doutez ? Lorsque vous faites un petit retour en arrière, vous pouvez, en toute objectivité, vous rendre compte de vos anciens comportements avant de rencontrer votre flamme jumelle. Vous étiez dans la survie, essentiellement. Vous aviez peut-être déjà trouvé votre pouvoir créateur mais vous n'étiez pas encore en phase avec votre vraie puissance.

Loin de votre vraie nature et de vos vraies aspirations, vous perdiez progressivement votre dynamisme, votre joie de vivre.

En regardant la société telle qu'elle est actuellement, vous pouvez percevoir combien le fait de paraître (« par-être ») amène à une vie terne et sans saveur authentique.

Pour étayer notre propos, nous aimerions vous poser quelques questions :

Êtes-vous déjà allé dans le métro parisien ? Avez-vous vu la joie sur le visage des gens ? Avez-vous senti qu'ils étaient en train de vivre leurs rêves, le meilleur moment de leur existence ? Ou pensez-vous plutôt qu'ils sont tristes, ternes, anéantis, dépressifs, voire sur les nerfs, prêts à évacuer leur mal-être sur le premier qui aura le malheur de les toucher, de leur poser une question, ou encore de prendre un peu trop de place avec sa valise ou son sac ?

Il y a des signes qui ne trompent pas ! Nous sommes tous pareils : lorsque nous sommes joyeux, heureux, nous sommes expressifs, nous avons le sourire aux lèvres. La joie resplendit sur nos visages, et nous sommes prêts à décrocher les étoiles.

Si vous ne ressentez pas encore cette béatitude, commencez par fermer les yeux et imaginez que vous êtes en train de réaliser votre plus grand rêve. Prenez le temps de planter le décor, et lorsque vous y êtes, laissez-vous traverser par les ressentis intenses de la plénitude. Ça y est, vous y êtes ? À présent ouvrez les yeux et ressentez l'énergie, le bien-être, l'apaisement, le dynamisme, l'excitation qui s'éveillent en vous ! C'est ça ! C'est cette énergie que vous devriez ressentir chaque jour.

Et il est certain que si tout le monde était dans cette énergie, le métro aurait une tout autre allure. Les gens chanteraient, danseraient, riraient aux éclats, et tout le monde partagerait ce moment ensemble. Le métro serait un moment de partage et de rire que nous n'aurions plus envie de quitter en urgence chaque jour. Peut-être que certains oublieraient même de descendre à leur station !

Si nous étions vraiment tous heureux de vivre chaque instant de notre vie, nous aurions envie de le crier sur les toits.

En décidant de vous choisir, vous prenez l'engagement de retrouver votre énergie qui est la source de votre plénitude.

3e conseil : prendre soin de son bonheur, de ses rêves

Nous disons souvent qu'il est préférable de garder le meilleur pour la fin. Mais pourquoi voir petit lorsque votre puissance est grande ou, plus exactement, « infinie » ?

Sans doute avez-vous déjà compris tout ce que l'on vient de vous expliquer sur l'importance de l'énergie positive dans votre vie. Néanmoins, faites-vous tout, réellement tout, chaque jour, pour votre bonheur ?

Pour y répondre, nous vous proposons une autre question : s'il ne vous restait plus qu'une seule journée à vivre, que feriez-vous ? Que regretteriez-vous de ne pas avoir pu réaliser ?

Ces deux questions sont essentielles car nous mourrons tous un jour, bien évidemment. Mais l'essentiel n'est pas de savoir quand nous allons mourir mais bien qu'aurons-nous fait pour notre bonheur avant de quitter cette vie ?

Cela nous évoque l'expérience de Nicole Dron, cette femme qui a vécu, il y a plus de 30 ans, une EMI (expérience de mort imminente). Elle a écrit un ouvrage qui s'intitule *45 secondes d'éternité*[1]. Elle raconte que, lors de ces 45 secondes où son cœur s'est arrêté de battre, elle a rencontré ses guides qui lui ont

1. Nicole Dron, *45 secondes d'éternité : mes souvenirs de l'au-delà*, Kymzo, 2009.

posé uniquement deux questions : « Comment as-tu aimé ? » et « Qu'as-tu fait pour les autres ? ».

Que vous croyiez ou non à la vie après la mort, ces deux questions nous semblent pertinentes. Et elles pourraient être complétées par deux autres questions : « Comment t'es-tu aimé ? » et « Qu'as-tu fait pour ton bonheur ? ».

Attention, il ne s'agit en aucun cas d'égoïsme ni d'égotisme mais bien de comment vous vous offrez de l'amour, de l'attention véritable et comment vous œuvrez pour votre bonheur et pour la réalisation de vos rêves.

Alors, prenez une feuille et notez tout ce qui vous vient à l'esprit si vous n'aviez plus que ce dernier jour – ou encore une seule semaine ou un seul mois – avant de tout quitter ? Ce qui émergera de cette réflexion vous permettra de savoir véritablement ce qui est important pour vous, ce que vous devez faire pour votre bonheur, loin de votre fierté et de votre ego.

Dans votre liste il y aura certainement des rêves enfouis, d'autres que vous n'avez jamais pris le temps de réaliser, ou encore ceux qui vous semblent impossibles à accomplir sans être très riche, ou enfin ceux qui demandent de tout changer dans votre vie.

Vous aurez peut-être aussi le sentiment que vous regrettez de ne pas avoir pris le temps de reprendre contact avec des amis, de la famille, ou de n'avoir jamais eu le courage de dire à cette femme, à cet homme combien vous étiez amoureux, combien votre flamme jumelle est importante dans votre cœur, dans votre vie. Vous vous rendrez compte de la valeur inestimable de vos rêves, des personnes qui comptent vraiment pour vous.

Si vous observez cette liste, vous verrez qu'il n'y a nulle envie de pouvoir, ni de domination. Il n'y a pas de mauvaises pensées envers les autres, ni de sentiment de rancune, mais véritablement de l'amour et du pardon.

Ce petit exercice innocent permet de mettre en évidence les vraies valeurs de la vie : l'amour, la paix, le bonheur, le partage et l'épanouissement. Ce sont elles, les énergies positives.

Cet ouvrage pourrait s'arrêter là car vous connaissez ainsi l'essentiel du chemin que vous devez emprunter pour élever votre taux énergétique/vibratoire, mais nous craignons qu'une fois l'exercice réalisé, vous reveniez rapidement à vos anciennes habitudes, vos anciens schémas.

Croire en la magie de la vie… Dans nos vies rythmées et riches en défis, il est parfois facile de s'éloigner de la magie qu'est la vie. Pourtant, il y a une manière d'y replonger…

Votre enfant oublié

Avez-vous déjà observé un enfant ? Un enfant vit chaque instant comme s'il était un miracle de la vie. Lorsqu'il se réveille le matin, il ne reste pas dans son lit sans pouvoir se lever, sans trouver l'énergie pour affronter sa journée. Tout au contraire ! Il est plein de vie, prêt à tout découvrir, à chaque instant. Il va constamment aller vers ce qui le fait rêver, ce qui l'amuse, ce qui l'émerveille. Un enfant montrera immédiatement s'il est heureux ou non. Il ne cache pas ses émotions. Il rit à pleine gorge et il pleure à chaudes larmes en hurlant. Lorsqu'il est consolé, il retourne au plus vite vers ses jeux qui le rendent heureux, tout en souriant et riant à la vie.

S'il n'est pas satisfait, il sait exprimer son mécontentement. Il affirme ses limites et ses envies sans retenue. Et une fois son mécontentement exprimé, il pardonne immédiatement à l'autre. Il n'est d'ailleurs pas rancunier.

Un jeune enfant réprimandé par ses parents après avoir fait une grosse bêtise ne conservera aucune amertume vis-à-vis d'eux. Il sait pardonner, d'ailleurs si vous avez un ou plusieurs enfants, vous avez vécu cette période durant laquelle votre enfant vous dit : « Je parle plus à mon copain », puis 10 minutes plus tard, ils deviennent à nouveau les meilleurs amis du monde et jouent à nouveau ensemble.

Vous l'aurez compris, les enfants jouent avec la vie. La question est par conséquent : pourquoi avez-vous arrêté de jouer avec elle ?

Les rêves ne sont pas simplement faits pour la nuit, ni pour rêvasser à des jours meilleurs. Les rêves ne demandent qu'à être réalisés. Un enfant repoussera le plus longtemps possible ses devoirs et obligations pour réaliser ses rêves d'enfant, pour s'épanouir à chaque instant. Et vous ? Si vous proposez à un enfant d'aller dans un endroit pour être heureux, il sera le premier à vouloir y aller. Vous aussi, n'oubliez pas de jouer avec la vie !

Le chemin de flammes jumelles demande beaucoup de courage, de détermination et de foi. Lorsque vous traversez ces étapes, vous apprenez à vous ouvrir à votre âme et à suivre votre chemin de vie. Celui-ci n'est pas toujours très simple car il demande de s'éloigner de vos croyances, de dépasser vos peurs et le jugement des autres. Ce chemin est aussi rythmé par l'affirmation de Soi. Se montrer véritablement tel que vous êtes. Cependant, après avoir traversé votre nuit noire de l'âme, la mise à nu est bien là. C'est le moment de faire tomber les masques et d'exprimer aux autres qui vous êtes véritablement : avec toute votre dimension divine. En vous libérant de vos barrières, de vos limitations, vous retrouverez toute votre puissance.

Ne sentez-vous pas naître en vous une énergie puissante et positive ? Si tel est le cas, ne la laissez plus jamais disparaître.

Oui, vous aurez parfois le sentiment de la perdre. Alors, dans cette situation, fermez les yeux et retrouvez cette béatitude en ressentant le bonheur d'avoir réalisé vos rêves. Dans un premier temps, il se peut que vous ayez besoin d'y revenir tous les jours, voire plusieurs fois par jour. C'est tout à fait normal. Pour que la loi d'attraction s'installe, il est nécessaire de créer un rituel de visualisation. En visualisant le rêve réalisé, vous ressentirez en vous une énergie puissante et dynamique qui vous propulsera vers l'action.

Vous avez peut-être enfoui ce sentiment depuis de nombreuses années, et changer vos schémas et vos croyances demande de la patience, du temps et de l'empathie envers vous-même. Alors ne vous jugez pas, ne vous culpabilisez surtout pas.

« Avant de savoir courir, apprenez à marcher. »

Savez-vous qu'il faut minimum 21 jours pour commencer à créer de nouvelles habitudes ? 21 jours non-stop ! Si vous avez raté une journée, le cycle de 21 jours recommence à zéro. Rassurez-vous, vous sentirez déjà la différence en quelques jours, mais si vous repartez pendant 21 jours avec vos anciens schémas, vous reviendrez au point de départ.

La persévérance

Bien que la vie vous montre le chemin de votre bonheur, elle vous met à l'épreuve de vos convictions.

Vous allez peut-être vous dire : « Mais non, je suis super motivé ! », et c'est sans aucun doute le cas. Puis, une fois ce livre refermé, vous retournerez à votre vie, à votre travail, auprès de votre famille, et c'est là que votre volonté et votre courage vont être mis à l'épreuve.

Pour autant, la Source ne vous permettra pas de rester dans la survie. Vous avez de grandes choses à accomplir sur terre même si vous ne le percevez pas encore. Chaque flamme jumelle et chaque duo de flammes jumelles ont une mission individuelle et commune. Sachez une chose : ces missions sont en adéquation avec vos aspirations, vos rêves. Alors, suivez le chemin !

Car vivre, c'est vibrer à l'unisson avec son cœur et l'Univers.

Autrement dit, l'objectif est avant tout de laisser vos doutes, vos peurs, vos croyances et les jugements des autres loin derrière vous.

Sachez aussi que votre rêve ne fera pas forcément rêver les autres ou que certains essaieront de vous en dissuader, soit par jalousie, soit parce que vous réveillez en eux leurs propres peurs. Les peurs sont multiples, comme la peur que vous vous éloigniez d'eux si vous changez radicalement de vie, ou la peur d'être perturbé par un changement dans leur monde, dans leurs habitudes. Souvent, en œuvrant vers son bonheur, en s'affranchissant des codes sociétaux, on renvoie à autrui son incapacité à créer son propre bonheur. On met en lumière ses propres peurs, ses propres tristesses de ne pas parvenir à réaliser son rêve…

Si tel est le cas, rassurez-les et montrez-leur aussi le chemin de leur épanouissement. Il est évident que lorsque quelqu'un décide de changer ses habitudes, il occasionne une vague d'énergie demandant aux autres de s'adapter à cette nouvelle équation.

Mais surtout, focalisez-vous chaque jour sur vos rêves et non sur vos peurs et vos doutes, ni sur ceux des autres.

Alors œuvrez pour votre bonheur ! En effet, ce n'est pas « travailler » pour son bonheur, mais bien « œuvrer », car dès que nous vibrons à la hauteur de nos rêves, il n'y a pas de pénibilité mais bien une énergie positive qui nous permet de dépasser nos limites. Nous sommes capables de tout transcender.

Chaque jour permet d'œuvrer vers la réalisation de ses rêves, pas à pas, avec foi et détermination. Ayez confiance en vous et en la Source.

4e conseil : changer ses croyances

Il est ô combien difficile de changer ses croyances, tant elles ont été façonnées depuis notre enfance et ont été inscrites profondément dans nos gènes. Cependant, avec du temps et de la conscientisation à chaque instant, nous avons tous la capacité de nous en détacher petit à petit. Et il est certainement plus aisé de voir les choses d'une autre manière en se disant : « Je rends les croyances qui ne sont pas les miennes et je crée mes propres croyances. »

Pour cela, nous vous proposons d'écrire une lettre pour remercier toutes les personnes qui vous ont offert, naguère, leurs croyances. Cette lettre peut être de ce type :

« Merci papa, maman, professeur… de m'avoir offert vos idées, vos solutions et vos croyances. Je me rends compte que je n'en ai plus besoin. J'ai décidé de démarrer une nouvelle vie, une renaissance où, désormais, je vais apprendre en expérimentant et non en écoutant. »

Pourquoi des remerciements ? Bien que nous ayons le sentiment que ces idées ou croyances nous piègent aujourd'hui dans une cage dorée, toutes ces personnes n'ont jamais eu l'intention de nous faire de la peine ou pire de nous bloquer dans notre cheminement. Leurs intentions étaient pures afin de nous protéger, de nous mettre en garde contre les blessures qu'eux-mêmes ont rencontrées. À vouloir bien faire, nous avons tendance à surprotéger ceux que l'on aime.

Si vous avez des enfants, cela vous rappelle certainement le moment où vous voyez votre enfant sur le point de tomber. Comme vous ne voulez pas qu'il souffre, vous lui demandez d'arrêter et vous lui expliquez qu'il doit faire attention. Il y a en effet certains dangers qui demandent d'être prudent mais, dans la plupart des cas, nous freinons leur élan. Un enfant qui chute se relèvera peut-être en ayant mal mais il se relèvera toujours. Mais si vous enracinez en lui la croyance de la peur de tomber et de se faire mal, il deviendra de plus en plus méfiant. Au risque qu'il avance dans la vie avec cette peur grandissante au point qu'un jour il ait même peur de jouer, tout simplement.

Après cette lettre de remerciement, c'est le moment de créer vos propres croyances. Pour vous y aider, voici deux premières idées. Vous pourrez ensuite faire la liste par vous-même de vos nouvelles croyances :

Première croyance : mon rêve est réalisable

Savez-vous que nos pensées sont puissantes et qu'elles voyagent à la vitesse de la lumière ?

La physique quantique montre désormais combien une pensée, même infime, change notre quotidien. Il en est de même pour un rêve. Un rêve est une pensée qui a une telle puissance qu'elle est capable de changer notre vie.

Savez-vous également que nous avons plus de 80 000 pensées par jour ? Eh oui, notre cerveau crée des milliers de pensées par heure.

D'après vous, si vous avez une pensée pour votre rêve chaque jour et que, par ailleurs, vous avez mille pensées qui suggèrent que vous n'y arriverez jamais : quel sera le résultat ?

Tout cela pour vous dire combien les croyances doivent être en accord avec vos rêves.

Deuxième croyance : la vie va me donner toutes les opportunités pour le réaliser

À partir du moment où vous avez décidé de parcourir le chemin de votre épanouissement, vous allez découvrir toutes les surprises qui vous attendent. Et il peut y avoir des doutes qui apparaissent…

C'est le moment de passer à l'étape suivante : avoir confiance.

Dans un premier temps, écrivez toutes les croyances qui vous apporteront la paix et également le dynamisme pour vous lancer dans l'aventure. Positivez !

5e conseil : prendre confiance

Les doutes et les peurs sont également des croyances limitantes. Votre mental est très doué pour vous remémorer les échecs et les souffrances passés.

Seulement, certains enseignements sont bénéfiques, alors que d'autres le sont beaucoup moins.

Pour y parvenir, il est essentiel d'aider votre mental à se recentrer sur vos objectifs et à l'intégrer dans votre projet comme un allié, en répétant les mantras suivants : « Je suis capable de tout réussir », « Je vais réussir », et surtout « Je réussis ».

La répétition est essentielle car elle permet d'ancrer ces nouvelles données au fur et à mesure afin qu'elles deviennent des croyances positives. Pour cela, répétez-les de nombreuses fois et tous les jours. Vous pouvez également mettre ces mots sur des post-it et les mettre sur votre miroir de salle de bains, votre réfrigérateur, et même à côté de votre table de nuit.

Car émettre une pensée exprimant que vous êtes déjà ce que vous espérez devenir amène inconsciemment la réalisation de celle-ci.

Cependant, il est vrai que sur le parcours de flammes jumelles, nous sommes obligés d'opérer de grandes modifications dans notre quotidien. Ce réaménagement fera appel à vos profondes ressources intérieures. Gardez présent à l'esprit que de nombreuses possibilités s'offrent à vous :

- Vous pouvez décider de prendre le chemin le plus court et de tenter le tout pour le tout ! Adieu ancienne vie, vive la nouvelle vie !
- Vous pouvez décider de prendre un chemin qui semble peut-être plus long, à première vue, mais qui va vous permettre de marcher pas à pas vers votre destinée. Et peut-être que vous vous rendrez compte qu'il était beaucoup plus court que ce que vous pouviez imaginer.
- Vous pouvez décider de conserver le chemin routinier. Pour autant, sachez que lorsque vous vous êtes incarnés sur terre, vous aviez pour mission de surmonter un certain nombre de défis vous permettant de vivre pleinement votre chemin d'épanouissement. Aussi, si ce défi est inscrit sur votre route, il devra être surmonté et dépassé à un moment donné. Et la Source et votre âme vous pousseront à opérer ces changements, car eux savent ce qui est mieux pour vous.

6e conseil : accepter le timing divin

Ce sixième conseil est totalement destiné aux polarités yang qui ont ce gros défi, ce stress et cette compréhension si profonde du temps qui passe…

Le parcours de flammes jumelles n'est en aucun cas un parcours de détente, vous le savez plus que n'importe qui d'autre. Pour autant, nous pouvons toujours décider de quelle manière nous allons appréhender les événements qui se présentent à nous. C'est l'idée du verre à moitié plein et du verre à moitié vide. Prenez l'histoire de Thomas Edison et de son ampoule à incandescence : malgré de multiples tentatives infructueuses, il a continué sans relâche pour enfin réussir.

Nous sommes certainement nombreux à avoir expérimenté la nuit noire de l'âme, avec ce sentiment de tout perdre. Peut-être avez-vous, vous aussi, perdu votre emploi, votre logement… Cependant, même si ce fut déstabilisant et éprouvant, vous avez certainement eu le sentiment, comme nous, que grâce à la perte de tous vos repères, de tous vos biens, vous avez découvert la force et la richesse qui siègent à l'intérieur de vous.

Alors, ne doutez pas, même si la Source ne vous offre pas encore ce que vous estimez être bon pour vous. Faites-lui confiance et faites-vous aussi confiance car, en continuant sur le chemin, vous réussirez. Continuez à avancer, à laisser aussi la valeur temps œuvrer dans votre dessein.

Car oui, ne nous le cachons pas, le parcours de flammes jumelles est un long chemin. Et ce chemin est long car il nous oblige à accepter qu'il faut du temps, de la persévérance et de la foi à chaque instant. L'objectif est connu et est déjà inscrit dans notre parcours. On sait que nous arriverons tous à la réunion avec notre flamme. Ce que la source nous demande, c'est de faire confiance au timing divin, que tout a une raison d'être. Au-delà de l'objectif à atteindre, l'essentiel est le chemin que nous devons arpenter, les transformations que nous devons opérer à l'intérieur de nous et à l'extérieur de nous. La reconnexion à notre flamme jumelle correspond au début de l'éveil. Doivent ensuite s'enchaîner un certain nombre d'étapes conscientes et inconscientes, visibles et invisibles, toutes essentielles pour que nous soyons prêts lors de la réunion avec notre jumeau/jumelle. Nous n'avons pas connaissance de toutes ces étapes, nous les découvrons les unes après les autres à la suite d'expériences, de situations, de guérison. Plus nous avançons, et plus la Source veille à confirmer la réussite des étapes *via* des tests répétés : vérifier si nous avons dompté notre ego, si nous avons suffisamment confiance en nous, si nous sommes dans l'indépendance, dans l'amour inconditionnel, dans le lâcher-prise face au temps qui passe et à notre impatience… Car l'objectif est d'être totalement prêt, de parvenir à atteindre une vibration énergétique suffisamment élevée et adéquate pour la « ré-union » avec notre flamme.

7ᵉ conseil : la solitude, un atout incroyable !

La solitude ou plutôt le cheminement en solitaire (de manière totalement indépendante) est l'un des grands apprentissages du parcours de flammes jumelles.

Très souvent fuie, la solitude est pourtant essentielle et, d'une certaine manière, obligatoire pour les flammes jumelles. La solitude est un outil parfait car elle oblige les flammes jumelles à tourner leur regard vers elles-mêmes, et plus précisément à l'intérieur d'elles-mêmes. En étant, avec Soi, à l'écoute de Soi à chaque instant, nous pouvons alors nous concentrer sur nous-même, comprendre qui nous sommes, procéder aux transformations nécessaires, nous offrir de l'attention devant nos émotions, œuvrer pour nos envies et nos plaisirs… Il n'y a alors plus de fuite en avant par la distraction des autres, par les « je dois » et les « il faut » pour les autres. En tournant son regard vers Soi, nous sommes alors fidèles à nous-même, à nos principes, à nos valeurs. Nous respectons nos limites.

Attention, cela ne signifie pas qu'il faut éviter de sortir, de voir ses amis ou ses proches. Ce n'est nullement le cas. La solitude, c'est tout ce temps que l'on s'accorde avec Soi pour se détacher de l'empreinte des autres et écouter les vibrations de son âme. Plus on s'offre de l'espace et du silence, plus on perçoit notre vraie mélodie, nos vraies envies, notre souffle divin. En d'autres termes, on se reconnecte enfin à Soi et on peut voir plus facilement le chemin nous menant vers notre pleine liberté d'être, notre pleine joie de vivre.

« Pour avoir si souvent dormi
Avec ma solitude
Je m'en suis fait presque une amie
Une douce habitude
Elle ne me quitte pas d'un pas
Fidèle comme une ombre
Elle m'a suivi çà et là
Aux quatre coins du monde

Non, je ne suis jamais seul
Avec ma solitude

Quand elle est au creux de mon lit
Elle prend toute la place
Et nous passons de longues nuits

Tous les deux face à face
Je ne sais vraiment pas jusqu'où
Ira cette complice
Faudra-t-il que j'y prenne goût
Ou que je réagisse ?

Non, je ne suis jamais seul
Avec ma solitude

Par elle, j'ai autant appris
Que j'ai versé de larmes
Si parfois je la répudie
Jamais elle ne désarme
Et si je préfère l'amour
D'une autre courtisane
Elle sera à mon dernier jour
Ma dernière compagne

Non, je ne suis jamais seul
Avec ma solitude
Non, je ne suis jamais seul
Avec ma solitude »

« Ma solitude », Georges Moustaki

8e conseil : apprendre à ne rien faire

Pour celles et ceux qui ont un rythme incessant ou qui ont eu une éducation imposant de ne jamais se reposer, ne rien faire peut être un vrai supplice.

Et pourtant, il est essentiel de s'ennuyer, et savez-vous pourquoi ? Tout simplement pour éveiller la créativité. En écoutant vos propres aspirations, vous vous rapprochez des murmures de votre âme.

Ne rien faire physiquement et mentalement en se mettant au repos permet de s'éloigner du stress et d'amener le bien-être et l'apaisement en vous.

En étant loin du stress, vous laissez de l'espace pour créer. Vous devenez créateur de votre vie en vous éloignant de vos peurs et de vos obligations.

Pour retrouver en vous le créateur de votre vie, offrez-vous du temps et de l'espace pour redevenir artiste.

Une fois ce temps offert, vous verrez progressivement émerger des idées, des rêves, des envies.

Pour certains, cela demandera parfois de prendre le temps de bien se reposer avant de voir émerger une idée novatrice et porteuse d'épanouissement.

Plus vous avez été happé par le stress et les rythmes incessants durant de nombreuses années, plus vous aurez besoin de temps pour retrouver cette capacité innée de création. Les sportifs savent qu'il est nécessaire d'avoir un temps de récupération, après chaque compétition, avant de se remettre à l'entraînement.

En poursuivant ce chemin, vous serez à l'écoute de vos intuitions, de votre âme, de vos guides.

Plus vous serez à votre écoute chaque jour, plus la vie vous offrira des synchronicités – de bonnes rencontres, des surprises –, et de l'intuition – savoir si vous devez agir maintenant ou attendre encore un peu. Elle vous apprendra également la patience qui amène aux merveilles qui vous attendent.

En décidant d'aller vers votre épanouissement, le temps sera votre allié car vous ne rechercherez plus la gloire, mais votre vérité, votre bonheur au quotidien, votre bien-être. Chaque minute deviendra une éternité car vous œuvrerez pour votre bonheur. Et lorsque chaque minute est rythmée par l'épanouissement, vous ne regardez plus le temps mais contemplez le merveilleux.

Il ne tient qu'à vous de changer de réalité.

9e conseil : comprendre le jeu de la vie

Le parcours de flammes jumelles est aussi, et avant tout, un chemin d'éveil spirituel. Il nous pousse à nous reconnecter aux sagesses divines, à notre âme, à nous élever vibratoirement en élargissant nos perceptions et notre conscience. Cet éveil spirituel permet aussi de comprendre le lien d'âme qui vous unit à votre flamme jumelle, sa puissance, son sens, sa pureté et sa grandeur.

Avant de vous incarner sur terre, vous avez décidé avec vos guides de choisir votre chemin de vie pour avancer vers de nouveaux apprentissages pour gagner en sagesse. Aussi surprenant que cela soit, vous avez décidé dans quelle famille vous allez grandir et également les grandes lignes de votre vie : vos métiers, vos amours, vos conditions de vie…

L'Univers va alors mettre en place des synchronicités et des défis. Ce sont ces rencontres, ces défis qui vont vous demander de vous surpasser pour en sortir grandi. Le hasard n'existe pas ! Sachez que tout est magnifiquement orchestré.

Toutefois, le libre arbitre existe. Nous connaissons tous ces moments où nous devons faire un choix et où nous sommes parfois tiraillés. Dans ces moments où vous aimeriez que vos guides vous donnent un petit coup de pouce pour choisir le chemin à prendre, il arrive que seule votre décision compte, sans subir d'influences. Dans cet instant précis, vous êtes le seul maître à bord. Ce choix parfois cornélien donnera la prochaine direction que prendra votre vie.

Naturellement, en tant qu'être humain dirigé par notre ego, nous aimons être en sécurité et redoutons parfois l'inconnu. Si nous savions ce qui va se passer en choisissant tel ou tel chemin, cela serait plus simple. Mais, en réalité, l'objectif est de faire le meilleur choix en se connectant à nous-même, à cette vibration intérieure, à cette étincelle du cœur. Et c'est lorsque nous faisons des choix guidés par notre âme, et non par notre ego, que la vie nous offre ses merveilles. Il faut en effet avoir le courage d'ouvrir la porte, celle qui nous donne cet élan de vie, pour savoir ce qui s'y cache.

Lorsque nous reculons face à certains défis, lorsque nous nous laissons guider par nos peurs ou notre ego, il est essentiel de comprendre que l'Univers mettra encore et encore ce même défi sur notre chemin, jusqu'à ce que nous acceptions de le surmonter. Le libre arbitre dont on entend si souvent parler est doté de limites. Car lorsque l'âme décide d'expérimenter un défi, elle nous pousse à le faire, aidée par nos guides et la Source.

C'est aussi pour cela que l'on parle de « contrat d'âme » entre les flammes jumelles. Vous et votre jumeau avez signé ce contrat incluant toutes les étapes du parcours. La « ré-union » en fait partie, ainsi que toutes les étapes préparatoires. Vous êtes donc obligés de vaincre tous ces défis qui se présentent à vous. La réunion est inévitable et la Source pousse chaque flamme à se dépasser pour parvenir à ces dernières étapes.

N'oubliez jamais que l'Univers veut votre bonheur. Si vous n'êtes pas sur le bon chemin, il vous le montrera autant de fois que nécessaire. C'est un cercle sans fin. Et pour vous éveiller, il créera des scénarios similaires tout en augmentant l'intensité.

Être libre, c'est être capable de faire des choix pour son propre bonheur, même si cela a des conséquences sur la sécurité matérielle, financière…

À chaque fois que des situations se répètent dans votre vie, au lieu de croire que la vie s'acharne contre vous, demandez-vous, au contraire, ce que la vie met en évidence pour que vous changiez, pour que vous trouviez le chemin de votre bonheur, de votre bien-être.

Cela demande souvent beaucoup de courage mais vous verrez qu'il faut encore plus d'énergie pour poursuivre vos schémas destructeurs, alors que changer demande un peu de courage au départ mais vous apportera un grand soulagement lorsque vous déciderez d'adopter une nouvelle position.

N'oubliez pas que c'est souvent un mal pour un bien.

10e conseil : s'aimer inconditionnellement

Lorsque l'on plonge dans l'univers des flammes jumelles, il y a un terme qui revient continuellement : l'« amour inconditionnel ». On pense qu'il est important de savoir aimer son jumeau quels que soient ses différences, ses agissements, ses défauts, ses failles. Or, en réalité, il s'agit avant tout de s'aimer soi-même totalement, de nous aimer dans toutes nos facettes lumineuses et obscures, dans toutes nos failles, nos limites, nos incapacités, nos peurs.

Aussi, dans un premier temps, posez-vous les questions suivantes :

- Savez-vous vous aimer ?
- Vous aimez-vous inconditionnellement ?
- Si vous vous regardez dans un miroir, aimez-vous tout de vous ?
- Aimez-vous également tous vos défauts, votre caractère ?
- Vous aimez-vous lorsque vous êtes en colère ?
- Vous aimez-vous lorsque vous pleurez ?
- Aimez-vous toutes vos faiblesses ?

Si vous avez répondu « non » à au moins une question, alors peut-être êtes-vous de celles et ceux qui donnent constamment de leur personne en espérant recevoir l'amour des autres. Cet amour que vous recherchez à l'extérieur de vous est là pour combler ce manque d'amour en vous. Mais savez-vous qu'il est déjà en vous ? Pensez-vous avoir le droit de vous l'offrir ?

Dans les situations difficiles, vous ressentez le besoin de vous rapprocher de ceux qui comptent pour vous, car l'amour guérit, réconforte, encourage, aide à se construire, vous offre un peu de douceur pour continuer à avancer.

Un parent, un ami, le sourire d'une personne que l'on croise dans la rue peut nous apporter beaucoup… Cependant, n'oubliez pas que vous pouvez vous offrir cet amour : il est en vous !

Même si votre flamme jumelle ou une âme sœur n'est pas à vos côtés, vous aurez toujours cet amour en vous que vous pouvez vous offrir.

L'amour n'a pas de règle et ne nécessite pas de *faire*, ni d'*avoir*.

L'amour est déjà en vous avant même que les autres vous en donnent.

L'amour se cultive par soi-même. Arrêtez d'attendre et de chercher de l'amour car vous serez toujours déçu. Donnez-vous de l'amour et aimez vos défauts autant que vos qualités.

11e conseil : ressentir l'amour en Soi

Chaser ou runner, vous êtes d'une manière ou d'une autre dans le non-amour de vous-même.

Or, l'amour doit forcément commencer par Soi car comment pouvons-nous aimer les autres, si nous ne nous aimons pas nous-même ?

Il ne s'agit pas d'amour égotique mais bien d'un amour qui dépasse le physique et nos qualités. L'amour inconditionnel, c'est aimer ses défauts, ses imperfections, ses faiblesses qui sont des qualités déguisées si nous les regardons bien.

Tant que nous ne nous pardonnons pas à nous-même nos fautes, nos erreurs et parfois ce que nous ne sommes pas, nous ne pourrons pas savoir ce que signifie véritablement le verbe « aimer ».

S'accueillir puis s'accepter totalement

Qu'il est doux d'accepter ses qualités, de regarder la part lumineuse de son caractère. Cependant, vous êtes comme un diamant avec de nombreuses facettes. Chaque facette a sa particularité. Vous pouvez préférer regarder une facette plus qu'une autre mais ce diamant sera parfait grâce à sa structure complète. Vous êtes parfait dans votre imperfection.

Certaines facettes de votre personnalité pourront ne pas vous plaire et c'est justement là qu'il est nécessaire de vous accueillir. En accueillant tout ce que vous êtes, vous n'êtes plus dans le jugement ni dans la culpabilité. Vous vivez ce qui, à l'instant

T, émane de vous. Reconnaître qui vous êtes, c'est apporter de la douceur dans vos parts d'ombre.

Si, par exemple, la colère ou la jalousie se fait ressentir, écoutez ce qu'elle a à vous dire, à exprimer. Que signifie-t-elle ? Quelle est la peur ou la blessure qui se cache derrière ? Qu'est-ce que cette émotion raconte de vous ? Il y a toujours une histoire profonde derrière.

En écoutant cette histoire, vous retournerez certainement dans votre enfance, dans vos vies antérieures, et vous comprendrez. En comprenant, vous pourrez alors accepter cette part de vous qui a besoin de beaucoup plus d'attention.

Il y a une chose à retenir à propos de vos parts d'ombre et de vos parts de lumière que François Merinis a su si bien exprimer : « En inspirant la lumière, l'ombre refait surface. En plongeant dans vos ombres, vous touchez à votre lumière[1]. »

Aimez-vous en accueillant à chaque instant ce qui se présente à vous dans votre intériorité.

Lorsque vous accueillez vos ombres, prenez le temps d'observer les étoiles… et vous reviendrez ainsi dans votre puissance.

Durant votre parcours, il peut être intéressant également

1. François Merinis, *Le Cercle d'alliance : à l'écoute de votre source sacrée*, Le Souffle d'or, 2015.

d'utiliser les techniques de « tapping » (tapotement) sur les méridiens chinois qui permettent de libérer les charges émotionnelles et d'entrer de nouvelles informations dans vos cellules. Vous connaissez certainement l'EFT (Emotional Freedom Techniques – techniques de libération émotionnelle) ? C'est très simple ! Choisissez des phrases affirmatives et positives afin de bien ancrer des messages positifs.

Prenons, par exemple, le thème de l'amour de Soi avec la phrase suivante :
« Je m'accepte et je m'aime tel que je suis. »
« J'aime les différentes facettes de ma personnalité. »
« J'aime toutes mes émotions. »

Puis récitez ces phrases en réalisant le tapping suivant :

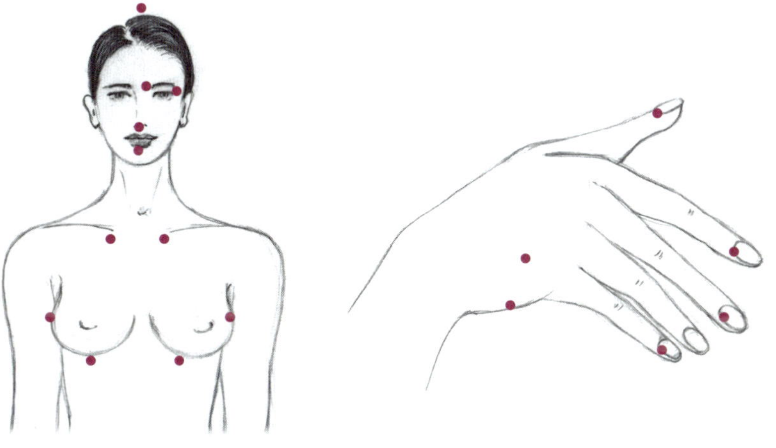

Vous pouvez réaliser ce petit jeu à chaque fois que vous ressentez le besoin de vous libérer d'émotions profondes qui vous entravent, ou pour ancrer en vous ce nouveau système de pensée.

Les techniques de mouvements oculaires sont également des outils à expérimenter avec un thérapeute ou même tout seul, dans un premier temps. Pour cela, identifiez des phrases positives qui vont renverser vos jugements ou croyances intérieures, comme les phrases ci-dessus. Puis, en posant une main sur votre front et l'autre au niveau du cervelet, juste au-dessus de la nuque, réalisez des mouvements oculaires comme si vous dessiniez le symbole de l'infini en commençant en haut à gauche.

Réalisez ce mouvement une dizaine de fois chaque jour pendant minimum 21 jours pour en ressentir les bienfaits.

Si cette technique vous semble difficile à pratiquer tout seul, n'hésitez pas à consulter un thérapeute en EMDR ou encore un kinésiologue qui utilise de merveilleuses techniques dont celle-ci.

12e conseil : se pardonner et pardonner aux autres

Vous connaissez certainement la méthode Ho'oponopono. Il s'agit d'un rituel de pardon et de réconciliation basé sur la prononciation de 4 mots, « désolé, pardon, merci, je t'aime », issu d'une philosophie hawaïenne pour gagner en bienveillance et accepter sa propre part de responsabilité.

Qu'il est difficile parfois de pardonner aux autres lorsque des blessures profondes se réveillent en leur présence… Mais souvent, ne pas arriver à pardonner, c'est ne pas arriver à se pardonner soi-même.

Depuis votre enfance, vous avez évidemment blessé une personne, sans le vouloir parfois. Vous avez été emporté par vos émotions, votre ego, vos croyances… en pensant que votre manière de voir la vie était la meilleure. Peut-être même qu'aujourd'hui, vous vous en voulez de ne pas avoir été à la hauteur.

Mais à la hauteur de quoi ? De qui ? Et même, pour obtenir quoi ? Être aimé par qui ?

Faire de son mieux ne signifie pas être parfait ! Parfois même, faire de son mieux, c'est dire en toute honnêteté ce que vous ressentez. Le plus important est comment vous l'exprimez.

Cependant, depuis que vous êtes petit, vous avez observé et enregistré les attitudes et réactions de vos proches en pensant que c'était la manière habituelle de se comporter.

Encore une fois, vous pouvez observer chez les jeunes enfants les expressions qu'ils apprennent de leurs parents. Certains mots ou attitudes peuvent être très violents. Cela ne signifie pas qu'ils sont en totale cohérence avec ce qu'ils ressentent.

En grandissant, vous avez appris ce qu'est la bienveillance. Cependant lorsque l'on est parfois poussés dans nos retranchements, il arrive que les mots dépassent nos pensées et la bienséance exigée. Devez-vous vous flageller pour autant ?

L'essentiel est de savoir dépasser sa fierté et de s'excuser auprès de l'autre. Et surtout, de s'excuser auprès de Soi. Dites-vous que vous avez fait de votre mieux compte tenu des circonstances. Si vous avez la possibilité d'être en contact avec votre jumeau, revenez toujours vers lui lorsque vous avez eu des mots blessants. Pardonnez-vous et pardonnez-lui pour ses faiblesses.

Offrez-vous de la douceur, même dans ces espaces d'ombre, et pardonnez-vous. Car ruminer le passé ne vous fera pas avancer, au contraire. N'oubliez pas que chaque jour vous permet d'œuvrer avec plus de tolérance pour vous-même et les autres.

L'important est d'apprendre de vos erreurs et d'éviter qu'elles se reproduisent. Et si elles se reproduisent, accueillez-vous et pardonnez-vous. Plus vous vous pardonnerez, plus vous pourrez vous concentrer sur le présent et ainsi vivre en pleine conscience chaque instant pour ne pas reproduire le passé.

Le pardon est donc essentiel dans le parcours de flammes jumelles.

Nous faisons mal à l'autre de manière inconsciente ou égotique, et l'autre nous blesse tout autant. Par cet éveil spirituel et la compréhension de la dynamique du lien, nous sommes tous à même de pouvoir comprendre que ce réveil des blessures est inévitable et qu'il fait intégralement partie du parcours. C'est le jeu des miroirs, le principe même de ce contrat. Aussi, nous ne devons pas nous en vouloir, ni en vouloir à l'autre. Nous avons été poussés à agir ainsi pour pouvoir justement nous en affranchir et grandir. Cela a donc été salutaire pour chacun. Aussi il est indispensable de sortir de la culpabilité (arme de notre ego) pour revenir au cœur.

13e conseil : accueillir et vivre ses émotions

Tout au long du parcours de flammes jumelles, nous sommes amenés à ressentir des émotions, certaines plus faciles à gérer que d'autres, certes, mais qu'il faut écouter et accueillir avec compassion pour les accepter. En effet, il est important de vivre ses émotions. Lors d'un décès, d'une séparation, d'une perte, nous sommes tous pris par les émotions et il n'est pas question de les refouler, bien au contraire. Soyons vrais !

Plus vous vivrez l'émotion en évitant de la refouler et moins vous ferez semblant qu'une situation ne vous touche pas, plus vous y mettrez de la conscience et permettrez ainsi à votre émotion d'être totalement libérée. Les émotions sont l'expression de nos frustrations, de nos blessures enfouies. Là où il y a une émotion vive, il y a une nécessité de prise en charge de celle-ci, comme on prend dans nos bras un enfant blessé et qu'on le réconforte par des mots doux, de la compassion et de l'amour.

Prenez le temps de répondre à ces questions : quelles sont les situations qui ont entraîné des émotions aujourd'hui ou bien dernièrement ? Ces émotions sont-elles récurrentes ou ponctuelles ? Comment s'expriment-elles ?

Lorsque vous vivez une situation, celle-ci n'a très souvent aucun lien apparent avec une blessure de votre passé. Cependant, il est fort probable que la meurtrissure soit intime et que c'est ce qui explique que vous réagissiez excessivement face à cette situation assez banale.

Il est important de repréciser ici que l'émotion c'est la vie. Chaque jour, à chaque instant, nous vivons des situations qui provoquent des émotions, des ressentis. Chaque émotion est finalement un ressenti intérieur. L'émotion n'étant ni une punition, ni une récompense, elle est ce qui fait de nous des êtres vivants. L'émotion nous raconte, elle révèle notre histoire. C'est pourquoi l'écoute de Soi est fondamentale.

Plus vous serez à l'écoute de vos sensations et de vos émotions, plus vous pourrez répondre à cette question : qu'est-ce qui se rejoue et qui me fait réagir excessivement ? Quelle est l'histoire que raconte cette émotion ?

Ce ne sont pas vos émotions que vous devez redouter, elles sont les composantes de ce que perçoit votre âme.

Le plus important est donc de savoir prendre le temps d'entendre l'émotion qui est générée par votre âme pour comprendre ce que cela signifie pour vous.

Rappelez-vous qu'il y a cinq blessures à guérir : la trahison, le rejet, l'abandon, l'humiliation et l'injustice. Chaque situation vous amènera à revivre ces blessures pour mieux les panser, puis les guérir.

Comment accueillir et accepter ses émotions ?

Que vous le vouliez ou non, même avec tous ces conseils sur le lâcher-prise, chaque épreuve de la vie vous amènera à ressentir des émotions.

Les refouler, c'est surtout ne pas savoir s'accueillir dans votre globalité. C'est aussi porter un jugement sur ce que vous êtes.

« Les vrais hommes ne pleurent pas » ; « Tu pleures ? Tu es un bébé ». Depuis votre enfance, vos proches peuvent vous avoir ridiculisé, vous ont peut-être demandé d'arrêter de pleurer, parfois même avec des menaces de représailles supplémentaires si vous continuiez à exprimer votre tristesse pleinement. Vous avez finalement appris que pleurer était une faiblesse, une erreur et pourrait même occasionner un danger supplémentaire à votre survie, comme être rejeté. Votre puissance dépendait alors de vos émotions.

Quel est le résultat de tout cela ? Vous jugez vos émotions avec beaucoup de violence, et vous croyez véritablement en la faiblesse des sentiments, des émotions.

Quelle est la vérité dans tout cela ? Il est essentiel de faire la différence entre :
« être affirmé » et « être sévère »
« être fort » et « être violent »
« être vrai » et « par-être »

S'aimer, c'est avant tout s'accueillir et accueillir tout ce qui vit en Soi.

Alors, arrêtez de paraître et soyez sincère et vrai avec vous-même et les autres.

Il est évident que, devant les autres, il est plus simple de rire ou de faire semblant. Et encore plus lorsque vos émotions de jalousie, de colère, de jugement, de rancune, d'égoïsme, d'égotisme, de violence émergent en vous.

N'oubliez pas que vous êtes ce diamant précieux aux mille facettes et qu'aucune n'est bonne ni mauvaise.

En outre, les émotions négatives ont un réel intérêt. Elles permettent d'exprimer ce que vous ne souhaitez pas au plus profond de votre être, ce qui vous limite, ce qui peut aller à l'encontre de votre bien-être, de votre bonheur. Très souvent une émotion négative est en lien avec votre puissante intuition qui vous incite à ne pas faire ou à ne pas accepter quelque chose, et ceci dans votre intérêt ou même pour votre survie.

Inutile donc de juger vos émotions, au contraire, laissez-les s'exprimer librement. Si vous êtes en colère, écoutez cette colère sans vouloir la bannir ou, à l'opposé, l'amplifier. Vouloir faire disparaître une émotion ou ajouter de l'huile sur le feu sont des réactions de votre ego qui veut garder les commandes.

Si on le laisse faire, l'ego aura en outre tendance à amplifier cette émotion en y associant les émotions du passé, les croyances limitantes, les idées négatives ou positives, ajoutant ainsi un aspect mélodramatique à la situation. L'ego fera durer ce sentiment par tous les moyens en nous ramenant dans le passé et en nous projetant sur un futur plus tranché, plus maîtrisé et sécurisé.

L'ego ne peut exister lorsque vous êtes dans le présent « ici et maintenant », car vous êtes dans le détachement où l'écoute de votre corps et de ses ressentis n'est pas accompagnée de jugement, de coup de théâtre ou de décision raisonnée.

Dans les moments de peine, accepter de pleurer, de vivre sa tristesse est essentiel !

Cela renvoie à l'équilibre yin/yang : s'accepter et s'aimer tel que vous êtes. Il n'y a rien à changer en vous, il y a tout à accueillir et à aimer.

N'oubliez jamais que ressentir c'est *être* !

Comment exprimer mes émotions ?

Que vous soyez chaser ou runner, vous vous situez dans un extrême lié à vos émotions. Si vous êtes chaser, vous vivez pleinement vos émotions mais avez des difficultés à les exprimer avec bienveillance. Tandis que si vous êtes runner, vous êtes plutôt dans la retenue. Cependant le résultat est le même car vous n'êtes pas dans l'équilibre de vos émotions.

Chers runners, sachez que le fait de refouler vos émotions a un impact sur votre corps physique. Même si vous n'exprimez que rarement ce que vous ressentez, votre corps, lui, est obligé de libérer l'énergie des émotions négatives.

Savoir exprimer ses émotions, et avec bienveillance, permet de communiquer plus sereinement avec les autres et surtout avec votre flamme jumelle. La plupart des difficultés rencontrées dans la relation avec votre jumeau sont liées au fait que les sentiments et émotions sont soit passés sous silence, soit exprimés avec des mots violents et de l'agressivité.

Prendre le parti de dire ce que vous ressentez en étant connecté au cœur permet de faire comprendre à l'autre qui vous êtes véritablement. Ainsi, vous exprimez avec douceur vos limites et votre émotionnel.

Dès que vous avez une attitude exagérée ou en inadéquation avec votre intériorité, prenez le temps de comprendre pourquoi.

Que se passerait-il si vous décidiez désormais d'être vous-même ? Quelles sont les peurs qui apparaissent ? La peur du rejet, la peur de l'humiliation, la peur de l'abandon… ?

La peur n'évite pas le danger. Et vous ferez certainement face à des personnes qui ne seront pas prêtes à vous accueillir car eux-mêmes ne peuvent pas encore s'accueillir dans leur vérité. Est-ce cependant nécessaire de rester uni aux autres dans ces attitudes ?

Un psychologue évoquera certainement la loyauté envers la société, vos proches, vos parents. Oui, souvent par loyauté, nous ne voulons surtout pas être différents, être Soi… Et nous reproduisons constamment les mêmes schémas et bien souvent les mêmes erreurs.

Après la théorie, seule la pratique permettra de sortir de vos schémas de défense. Certes, dans un premier temps, vous serez peut-être maladroit, mais ne reculez pas pour autant. Plus vous jouerez au jeu de l'expression de Soi et plus vous trouverez de la souplesse et de l'aisance dans le jeu. Vous vous libérerez ainsi de vos anciens schémas et croyances.

N'hésitez pas à faire appel à un thérapeute pour vous accompagner dans la libération de vos blessures. Ce travail est salutaire, vous permettant de comprendre ce qui se passe en vous. Cependant, il est fort possible que vous soyez amené à vivre une situation différente qui ravivera la même blessure. Cela est en grande partie dû au fait que chaque blessure présente de nombreuses facettes et chaque facette de cette blessure doit être mise en lumière pour permettre une guérison totale. Alors, ne vous découragez surtout pas, car seul le temps vous permettra de guérir durablement.

Après chaque guérison d'une blessure ou d'un traumatisme, vous ressentirez souvent de la fatigue, des vertiges, des nausées ou encore des migraines. Ces symptômes sont le fruit de votre changement de taux vibratoire. Plus vous nettoyez votre énergie et plus elle s'amplifie. Après ce rééquilibrage, vous serez plus enclin à vous ouvrir à une nouvelle manière de vivre, de vous épanouir et de vous mouvoir. Vous ressentirez d'ailleurs cet espace de paix qui s'installe en vous et qui fortifie de jour en jour votre nouvelle structure puissante. Votre puissance émotionnelle vous offre la possibilité de mieux vous choisir, de mieux vous recentrer et ainsi d'*être*. Naîtra également l'envie de vous amuser avec la vie, de prendre encore plus soin de vous pour vous offrir encore plus d'amour, de paix et d'harmonie… la mission de vie sera encore plus précise et en équilibre avec vos aspirations profondes.

Chers chasers, il vous est souvent extrêmement difficile de canaliser vos émotions. Pour y parvenir, vous pouvez vous appuyer sur la *mindfulness* (méditation de pleine conscience), la sophrologie, l'EFT (Emotional Freedom Techniques – techniques de libération émotionnelle) et les fleurs de Bach comme vous avez pu le découvrir dans les pages précédentes. Néanmoins, n'oubliez pas qu'il ne s'agit pas de refouler vos émotions ou de les faire taire, mais de pouvoir communiquer sur ce que vous ressentez sans exploser en larmes ou de colère.

14e conseil : prendre soin de son corps physique via *l'alimentation*

Aussi exigeant soit-il, le parcours de flammes jumelles requiert de l'énergie vitale mais aussi de pouvoir élever son taux vibratoire. Pour y parvenir, l'alimentation est l'une des composantes essentielles.

Accueillir son corps physique, puis l'aimer, signifie lui offrir le meilleur chaque jour. L'objectif de ce livre est d'équilibrer vos corps et consciences pleinement afin de trouver votre complétude. Vous êtes à la fois relié à vos émotions, à votre spiritualité et à votre corps physique.

Ce corps a besoin de se nourrir afin d'être en bonne santé. Mais se nourrir comment ? Si vous voulez continuer à prendre soin de votre énergie, il est indispensable de prendre soin de votre alimentation, de votre corps et de votre environnement.

Respecter l'environnement, c'est permettre d'augmenter les énergies terrestres, notamment celles contenues dans la terre et, par conséquent, celles contenues dans notre alimentation (fruits, légumes, viande...). Mais c'est aussi veiller à une bonne qualité de l'air car les toxines que vous respirez surchargent votre organisme et l'affaiblissent.

Pour être en pleine forme et riche d'énergies positives, c'est une démarche complète qu'il est nécessaire de prendre en compte.

Énergie corporelle et champs énergétiques

Notre corps est fait d'énergie et plus particulièrement de champs énergétiques, appelés aussi « champs morphogénétiques ». Cette énergie se mesure grâce au taux vibratoire. Chaque personne a sa propre énergie et son propre taux vibratoire que l'on peut mesurer grâce à l'échelle d'André Bovis permettant d'identifier la santé physique d'une personne grâce à son énergie.

Cette énergie quotidienne qui nous permet de vivre provient principalement de notre alimentation. Eh oui, les fameuses calories ! Nous pensons souvent aux calories pour perdre du poids, mais sachez qu'elles sont avant tout utiles pour notre vie.

On pourrait croire qu'il suffit de manger pour avoir toute l'énergie nécessaire pour vivre, mais nous sommes loin de la réalité. L'alimentation renferme à la fois l'énergie positive et l'énergie négative.

Énergie positive et énergie négative des aliments

L'histoire raconte qu'André Bovis avait créé l'échelle de Bovis afin de déterminer le taux vibratoire des fruits. Cela permettait d'identifier le moment optimal pour consommer le fruit. Si le fruit n'était pas arrivé à maturité, le taux vibratoire était bas. Si le fruit était mûr, le taux vibratoire était le plus élevé, puis il retombait lorsque celui-ci perdait de sa fraîcheur les jours suivants.

De nos jours, cette échelle sert également à déterminer le taux vibratoire de chaque être humain, ce qui a permis de mettre en évidence le lien entre taux vibratoire et santé.

Le taux vibratoire d'une personne est en moyenne de 8 000 à 9 000 unités bovis (UB). Cependant, selon notre état de santé, ce taux vibratoire peut véritablement varier.

Une personne ayant un taux vibratoire à 6 000 UB aura un taux dit « neutre ». Tandis qu'une personne présentant un taux vibratoire en dessous de 6 000 UB sera plus encline à contracter une maladie.

Nous pouvons par conséquent comprendre combien le taux vibratoire d'une personne est appréciable et variable suivant le type d'alimentation consommée.

Comment calculer votre taux vibratoire ?

Rien de plus simple ! Il suffit d'utiliser un pendule ou une chaîne avec une bague et d'avoir le fameux cadran de Bovis.

Prenez votre pendule et maintenez la chaîne entre votre pouce et votre index. Pointez avec la pointe de votre pendule le rond en bas du cadran de Bovis. Puis, posez la question suivante : « Quel est mon taux vibratoire ? »

En restant le plus détendu possible vous verrez le pendule osciller et atteindre un rayon mentionnant un taux spécifique. Vous aurez ainsi votre taux vibratoire !

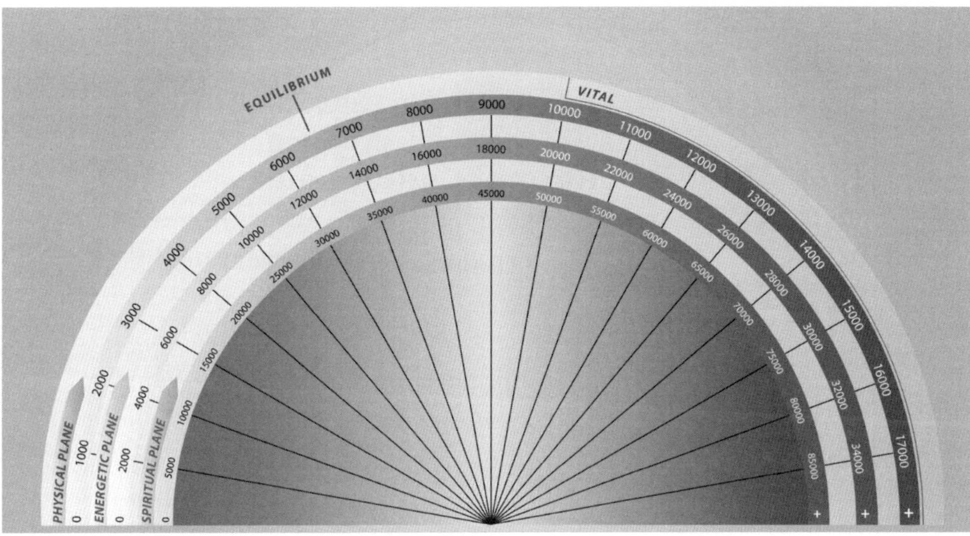

Comment manger pour conserver une belle énergie ?

Il est important de savoir que le taux vibratoire d'un aliment varie selon la charge de pesticides et autres toxines qu'il contient. Pour la viande, le taux vibratoire dépendra des conditions d'élevage et d'abattage de l'animal.

Selon les conditions de culture et de vie des légumes, des fruits et des animaux, vous n'aurez absolument pas le même taux vibratoire dans votre assiette.

Difficile d'approfondir en quelques pages le sujet qui pourrait faire l'objet d'un ouvrage complet ! Cependant, il faut retenir trois éléments essentiels pour œuvrer pour une alimentation en pleine conscience :
- choisissez des aliments bio ;
- sélectionnez des fruits et légumes arrivés à maturité et des élevages soucieux du bien-être des animaux ;
- mangez diversifié et équilibré le plus souvent possible.

Pulsions alimentaires et addictions

Addiction, dépendance, pulsion et envie : ces quatre termes mettent en évidence un besoin qui nous semble souvent difficile à réprimer.

Chaque émotion amène à une réaction hormonale qui aura des répercussions physiologiques différentes d'un individu à un autre. Par exemple, un stress ou une mauvaise nouvelle peut couper l'appétit à certains, alors que cela donnera à d'autres envie de manger. Cette même émotion peut ainsi agir directement sur la perte ou la prise de poids, sans pour autant modifier un comportement alimentaire.

En effet, les émotions agissent également sur les hormones telles que l'insuline qui régule le taux de sucre dans le sang, la leptine qui régule la satiété, et le cortisol qui joue un rôle dans le métabolisme des glucides.

Il existe également un lien important entre l'état émotionnel négatif que vous pouvez ressentir et la recherche d'un soulagement pouvant aller vers l'addiction.

En somme, si vous décidez de prendre soin de votre corps, il est nécessaire de prendre soin en parallèle de vos émotions pour éviter les pulsions et les addictions, voire la boulimie ou l'anorexie.

Savez-vous qu'il existe un lien entre les saveurs choisies lors des pulsions alimentaires et les émotions/ressentis ?

Saveurs et textures	Ressentis et émotions	Lien avec les coutumes et expressions de notre pays d'origine
Sucré	En relation avec l'affectif	Expression courante « prendre une petite douceur. »
Salé	Peur, anxiété	Le sel fut la première façon de conserver les aliments. « Peur de perdre un aliment. »
Acide	Envie, insatisfaction, jalousie	« L'acidité ronge tout. »
Amer	Rejet, inconnu, méfiance	Cela renvoie à l'époque où l'on craignait parfois que du poison soit ajouté à la nourriture. Si le goûteur percevait de l'amertume, il fallait éviter de consommer le plat.
Piquant	Colère, irritation	« Une situation piquante, mordante », « piquer sa colère ».
Croquant	Stress, agressivité, colère	« Un croquant » veut dire un rustre.
Moelleux, fondant	Besoin de réconfort, d'affection, tristesse, solitude, fatigue	« Fondre en larmes. »

La dépendance affective joue sur vos envies de consommer des aliments plus sucrés et moelleux. Ces informations vous aideront à mieux comprendre ce qui se joue derrière ces pulsions alimentaires pour mieux soigner vos blessures émotionnelles.

15e conseil : pratiquer une activité physique

Vous n'êtes peut-être pas un grand sportif. Peut-être ne supportez-vous pas l'idée de vous épuiser, d'être dans l'effort avec votre corps, ou encore de transpirer. On n'a parfois aucune motivation pour faire une ou deux heures de sport par semaine. La raison : l'épuisement du quotidien, le manque d'entrain, etc.

On ne s'offre pas suffisamment de temps pour prendre soin de Soi. En réalité, vous décidez d'utiliser votre temps pour certaines activités et pas pour d'autres, sous prétexte que vous avez des obligations, des priorités… Mais c'est un système de croyances et d'obligations auquel vous vous rangez qui vous pousse à ne pas avoir véritablement de temps pour vous-même. Certes, tout ceci est compréhensible, mais n'oubliez pas que vous pouvez tout à fait faire autrement : cela demande du courage et de la volonté d'affirmer ses priorités et ses engagements pour Soi.

Et s'offrir du temps pour son bien-être, son équilibre, c'est aussi savoir s'aimer véritablement.

Savez-vous que le temps n'est pas linéaire et qu'il est d'ailleurs extensible ? Il suffit que vous demandiez à la Source d'élargir les plages de temps que vous vous consacrez. Cela peut paraître fou mais essayez et vous verrez de vrais changements dans votre planning !

S'aimer, s'offrir de l'amour et du bien-être *via* la dépense physique, c'est aussi accueillir son corps et l'aider à vous porter chaque jour. Vous avez de nombreux défis à relever et votre corps a toujours été là pour vous, malgré tout ce que vous avez pu vivre et parfois aussi tout ce que vous avez pu lui faire subir. En retour, vous pouvez le remercier et l'aider dans sa mission par la pratique régulière d'une activité sportive. Vous lui donnerez plus de force et augmenterez votre résistance aux aléas de la vie (émotions, froid, stress, etc.).

Savez-vous que transpirer aide notre corps à éliminer nos déchets, nos toxines ? Lorsque vous avez des pensées négatives, du stress ou une relation toxique, vous fabriquez des toxines qui s'accumulent dans votre corps. De même, vous avalez des toxines *via* ce que vous mangez, ce que vous buvez, et aussi *via* l'air que vous respirez. Toutes ces toxines doivent être éliminées afin de laisser votre corps maintenir un taux vibratoire élevé. L'activité physique permet, par la respiration et par la transpiration, d'aider votre organisme à évacuer les déchets organiques. La transpiration libère ainsi les toxines sous forme d'eau. Et en pratiquant une activité physique, tous les organes sollicités sont renforcés (cœur, poumons, muscles…).

Encore une fois, tout est lié et une pratique sportive agit sur votre bien-être émotionnel.

Si vous aimez le sport et l'activité physique, vous savez combien cette pratique est efficace pour créer des endorphines – agissant sur le plaisir – et de la dopamine – agissant sur votre vitalité. Elle aide aussi à améliorer l'image que vous avez de vous-même (estime de Soi, confiance en Soi).

Nul besoin de vous forcer à pratiquer une activité physique que vous n'aimez pas. Pour commencer, vous pouvez tout simplement ajouter dans votre agenda une bonne marche quotidienne avec quelques montées d'escalier. Ce démarrage peut durer plusieurs semaines si vous n'arrivez pas à augmenter votre dépense. Aucune compétition ni aucun objectif ne sont nécessaires. Lâchez prise face aux exigences de performance car cela nourrit contraintes et frustrations, ce qui serait contre-productif. Ne faites pas mieux, mais faites bien pour simplement être avec vous-même et prendre soin de vous.

Amis sportifs, continuez à vous exprimer par l'activité physique. C'est parfait ! Néanmoins, attention à ne pas fuir la vie ou à ne pas combler le vide en vous par une addiction au sport. L'objectif est votre bien-être et non de créer une échappatoire pour fuir les actions que vous devriez mener pour vous offrir le vrai bonheur. N'oubliez pas que la complétude consiste à savoir équilibrer tous ses corps et conscience tout en œuvrant pour son bonheur.

16e conseil : prendre soin de sa sexualité

Plus vous avancez dans votre compensation et plus le désir de vous libérer de toutes vos chaînes se fait sentir. Vous arrivez par conséquent à la liberté sexuelle. Bien que la société soit de plus en plus ouverte sur ce sujet, il n'en reste pas moins qu'elle est encore taboue. Au-delà de la libération sexuelle que vous pouvez observer dans les médias, qui est loin de correspondre à un acte conscientisé, l'avancée sur le chemin de flammes jumelles amène tôt ou tard à la sexualité sacrée appelée également « hiérogamie » ou « hieros gamos » – du grec ancien *hieros* (sacré) et *gamos* (mariage, rapport sexuel).

Retrouver sa complétude passe par la sexualité sacrée. Ce qui signifie être en harmonie avec son corps, ses besoins et l'acte en lui-même.

De nombreux traumatismes peuvent se situer dans le bas du ventre, que ce soit pour les flammes masculines ou féminines.

La sexualité sacrée est principalement dédiée à l'harmonisation des énergies et notamment l'énergie vitale (énergie sexuée) qui se love dans le bas-ventre. Cette sexualité se réalise avant tout en conscience et en plein alignement avec Soi, ses besoins, ses désirs. La reconnexion à sa sexualité se veut avant tout adaptée à chacun, en se libérant de ses traumatismes, de ses blocages ou de ses croyances afin de s'autoriser le plaisir et la jouissance sans aucun tabou, sans limites et sans restreindre la pleine impulsion intérieure.

Pour certains duos de flammes jumelles, la liberté sexuelle, bien qu'acceptée, est souvent pratiquée sans conscientisation avant la reconnexion avec son jumeau. Certes la sexualité permet de libérer les tensions accumulées et de jouir simplement des plaisirs de la vie à travers l'acte physique. Pour autant, c'est souvent une échappatoire face aux véritables actions à entreprendre pour trouver la vraie liberté et la vraie jouissance.

Pour d'autres duos de nature plus « pudique », avec de vraies blessures liées souvent à l'enfance (abus sexuels, soumissions…) et aux vies karmiques, se libérer de ses blessures et accepter son corps sera une première étape. La seconde sera de se libérer des croyances de bien et de mal liées à la sexualité. En vous autorisant à *être* dans la matière, vous pourrez vous ouvrir à votre pleine sexualité.

Amies femmes, vous transportez dans votre matrice le poids des lourdes souffrances féminines transmises de génération en génération. S'accompagner pour guérir des blessures sexuelles est indispensable pour enfin retrouver votre puissance féminine totale. Vous êtes la créatrice et finalement le sanctuaire permettant l'accès aux mondes subtils lorsque vous accompagnez votre partenaire dans cette magie sexuelle.

Guérir des blessures, des croyances et des schémas est la première étape dans la réconciliation avec son corps, sa féminité et le masculin (en Soi et avec les hommes). De plus, l'accueil de ses besoins sexuels reste indispensable.

La sexualité sacrée peut s'installer lorsque vous prenez conscience du lien entre votre corps physique et l'accueil de votre conscience spirituelle.

Nombreux sont ceux qui sont connectés ou intrigués par Diane,

Isis ou encore notre chère Marie-Madeleine. Vous avez peut-être eu connaissance des rites d'initiation et enseignements spirituels par la sexualité grâce au culte d'Isis. Les sociétés secrètes ont d'ailleurs continué sur ce chemin. La sexualité, lorsqu'elle est réalisée en pleine conscience sans pouvoir de domination ou de désir uniquement charnel, ouvre à la possibilité de s'aligner entre ce monde en 3D et les autres dimensions. La montée de kundalini est un phénomène énergétique qui s'accompagne de ressentis forts (orgasmiques) dans tout le corps, partant du premier chakra (chakra racine/périnée) et remontant le long de la colonne vertébrale, activant tous les chakras dont notamment celui du troisième œil (celui des perceptions et intuitions) et celui du chakra coronal (porte donnant accès au divin).

Au-delà de cet aspect très spirituel d'ouverture vers des enseignements ésotériques, la sexualité sacrée est également un symbole d'accueil de Soi, de l'autre, en harmonie : le plaisir de partager un moment où deux énergies d'âmes se réunissent pour réaliser l'acte sacré de joie, d'amour, de bienveillance, de gratitude et d'union.

Aujourd'hui, le tantrisme est en plein essor dans nos sociétés occidentales : il s'agit d'un courant spirituel et de ses pratiques permettant de déployer tous ses sens afin de parvenir à un état d'éveil total, de retrouver la joie de vivre, tout en développant les ressentis charnels et ainsi œuvrer vers la sexualité sacrée. Le tantra permet un éveil et une écoute totale de son propre corps, de ses énergies, permettant ainsi libération, guérison et ouverture dans l'acceptation de sa pleine énergie vitale et sexuelle.

17e conseil : prendre soin de son mental

L'esprit logique que vous avez est un atout merveilleux dans votre quotidien. Que ce soit pour votre activité professionnelle, l'organisation de votre journée… tout est parfaitement orchestré et méthodique. En effet, depuis l'enfance, vous avez parfaitement appris à aiguiser votre mental : il est le principal élément qui a été mis en évidence. À chaque situation, à chaque émotion, le mental est là pour tout contrôler à la perfection. C'est pourquoi, lorsque vous reprenez votre place dans le duo de flammes jumelles, toute cette structure s'effondre.

Cher runner, vous tenez les rênes grâce à votre faux-self, en contrôlant toutes vos émotions, votre quotidien… Votre ego est bien présent pour que vous ne faillissiez pas, jusqu'au jour J…

Quant à vous, cher chaser, dépourvu de faux-self, vous perdez pied très rapidement et totalement. La Source vous forçant à lâcher prise et à ne plus rien contrôler, vous êtes rapidement face à votre ego qui essaie tant bien que mal de reprendre son pouvoir, en vain.

L'objectif n'est pas de détruire l'ego mais plutôt de le repositionner à une place plus juste, plus équilibrée.

En effet, prendre soin de son mental, c'est avant tout l'utiliser à bon escient. Prendre soin de son mental, c'est en faire votre allié. Car si votre ego reste dominant dans votre quotidien, vous n'êtes pas à l'écoute de votre âme. Vous êtes à l'écoute de vos peurs, de vos schémas limitants, de vos croyances.

En rééquilibrant votre corps et votre conscience, vous vous permettez ainsi de trouver l'harmonie en toute chose, en toute situation. Vous mettez alors votre ego au service de votre âme, de votre cœur, de vos aspirations profondes pour créer le chef-d'œuvre que vous espérez depuis toujours.

Sachez qu'il y aura toujours des moments où la panique et l'ego ne vous permettront pas de sortir de la situation délicate. Ce sont ces moments où l'on parle de fuite, mais pas de dépassement de Soi.

Cher chaser, vous avez, dès la nuit noire de l'âme, compris que votre pouvoir de domination, de contrôle, d'ego n'était rien face aux décisions de la Source. Bien que vous ayez un esprit extrêmement logique et puissant, votre mental a ses limites.

Accueillir cette vérité vous permet progressivement de vous amener vers une autre manière d'appréhender votre vie, votre quotidien…

La seule manière de vous réconcilier avec votre ego est de le mettre au service de votre âme.

Comment mettre mon mental au service de mon âme ?

Il est possible de mettre votre mental au service de votre âme en écoutant vos aspirations les plus profondes. Puis, en acceptant que ce soit le seul chemin valable dans votre vie, vous pourrez ainsi convaincre votre ego, votre mental, de mettre en place tous les éléments logiques et structurés pour réaliser vos rêves les plus précieux.

Cependant, votre mental a été parfaitement conditionné pour tout contrôler… Le déshabituer demandera par conséquent du temps et de la patience. À chaque instant de faiblesse, de stress, de peurs importantes, de challenge, de petits échecs, l'ego sera de nouveau sur le devant de la scène pour juger, critiquer, et vous faire douter de vos bonnes résolutions.

Être convaincu de la sincérité de vos aspirations et du seul chemin possible pour être vraiment aligné avec vos rêves et votre mission de vie, et avoir foi en vous et en la vie, seront vos seuls alliés.

La communication bienveillante

Connaissez-vous les études de Masaru Emoto qui avait mis en évidence le lien entre les mots et l'eau ?

Lors de ses expérimentations, il avait déposé une gouttelette d'eau sur plusieurs boîtes de Petri – boîtes habituellement utilisées pour les cultures bactériologiques – puis avait apposé un mot bienveillant ou malveillant. Chaque boîte fut congelée et il observa la cristallisation de l'eau qui prit des formes tantôt magiques dignes de la géométrie sacrée, tantôt au contraire totalement déstructurées. La démonstration repose sur le pouvoir de l'intention et la puissance des mots dans l'Univers tout entier et sur les atomes qui le constituent. Tout est ainsi vibration et les molécules qui nous composent, dont notamment l'eau, sont sensibles aux vibrations. Ainsi, si les vibrations sont élevées (lorsque les mots et l'intention sont bienveillants) alors une structure géométrique ordonnée et belle est observée. Dans le cas contraire, c'est le chaos. Sachant que nous sommes constitués de plus de 60 % d'eau, notre structure physique peut être très influencée par la pensée et les mots.

Prenons un exemple concret. Lorsque vous êtes entouré de personnes plutôt agressives, colériques voire malveillantes, et qu'elles tiennent des propos blessants à votre égard, ces mots vont progressivement s'installer en vous et parfois même créer une mauvaise image de vous-même et de la vie. Vos pensées seront ainsi plutôt négatives et sombres.

Tandis que lorsque votre entourage parle avec amour, douceur et bienveillance, vous ressentez cette douceur qui vibre en vous et vous amène vers la confiance en un avenir serein. L'amour peut même résonner en vous et vous amener à vous surpasser car vous avez confiance en vous et en la vie.

Ainsi, en pratiquant une communication bienveillante vis-à-vis de Soi et des autres, vous pouvez totalement changer votre vie et celle des autres.

Voici quelques éléments importants pour réussir à entrer dans la communication bienveillante :

- Prenez le temps de parler avec des phrases affirmatives et des mots positifs et bienveillants.
- Dès votre réveil, projetez-vous dans cette nouvelle journée de manière positive et enthousiaste.

• Au coucher, repensez aux instants positifs de votre journée passée et remerciez la vie pour sa bienveillance. Puis prenez quelques minutes avant l'endormissement pour rêver, tout en étant éveillé, de vos prochaines journées positives.

Cette manière de communiquer est essentielle notamment avec votre flamme jumelle. Quels que soient les détours de chacun, les incompréhensions, les gestes ou paroles blessantes reçues, adoptez une communication bienveillante avec votre flamme. Si, parfois, cela peut paraître difficile, exprimez à l'autre le fait que vous êtes blessé et que vous avez besoin de temps pour être avec vous. Ainsi, vous éviterez la confrontation avec votre jumeau et vous pourrez conserver une authenticité juste et une communication bienveillante. Vous avez cette responsabilité vis-à-vis de votre flamme jumelle et vis-à-vis de vous-même.

Le non-jugement

Avez-vous remarqué combien votre mental aime analyser chaque situation au point de juger tout, tout le monde, sans cesse ? Cette pratique s'est installée depuis votre plus tendre enfance, en observant les adultes, les réactions de chacun, et même dans la scolarité où l'on demande de comparer, d'identifier la meilleure solution à un problème… Sur le long terme, il est facile de croire que tout peut être jugé, critiqué afin de choisir la maison parfaite, la voiture parfaite, la femme parfaite, l'homme parfait… Alors que tout est déjà parfait sans que votre ego réagisse au quart de tour.

C'est en comprenant et en acceptant que tout n'est pas noir ou blanc, qu'il n'y a pas de dualité véritablement, que vous pourrez accueillir chaque situation, chaque chemin, chaque choix comme étant source d'enseignement, de sagesse.

Le non-jugement est une question de déconditionnement.

À chaque jugement ou « vérité », posez-vous les questions suivantes : « Est-ce vraiment la vérité ? », « Puis-je faire autrement ? », « Pourquoi ne le fais-je pas ? », « Quel risque puis-je encourir en faisant différemment ? ».

Le cheminement de flammes jumelles demande d'avoir l'esprit ouvert et une grande capacité d'accueil des différences. C'est là le point fort des enseignements que vous acquérez chaque jour.

Mais, bien souvent, il vous est plus facile d'accueillir les autres sans jugement, plutôt que votre jumeau et vous-même. Nous revenons à l'amour inconditionnel et à la confiance en Soi.

Et apprenez à vous ouvrir à votre imperfection parfaite et à celle des autres !

La déculpabilisation

Après le non-jugement vient nécessairement le besoin de déculpabiliser. Être responsable de ses actes amène souvent à la culpabilité lorsqu'une situation difficile ne se résout pas comme nous le souhaitions. Même en étant responsable d'un conflit, il est important de savoir se pardonner.

À chaque faux pas, le mental est là pour nous le rappeler. Et il en est de même lorsqu'il nous remémore les manquements des autres. Savoir déculpabiliser, se pardonner, puis aller de l'avant est bénéfique pour redonner une nouvelle dynamique à votre vie et vous épanouir. Revenir sur le passé positif ou négatif ne fait que vous y piéger sans pouvoir vous en extirper véritablement et complètement.

Cependant, retenez que seule la perfection de l'acte est importante et non l'imperfection du résultat (nous pouvons parfois pécher par maladresse alors que l'intention de départ était louable).

Dans le cheminement de flammes jumelles, nous sommes souvent face à nos manquements, nos erreurs…

Cher runner, déculpabilisez-vous de ne pas pouvoir offrir à votre jumeau la clarté, car tant que vous n'avez pas encore bien conscience de ce qui est bon pour vous, vous serez toujours dans ce flou.

Cher chaser, déculpabilisez d'être dans l'émotionnel et de ne pas toujours pouvoir exprimer avec calme ce qui s'anime en vous.

La gestion des peurs

L'ego joue très souvent avec vos peurs en les mettant en évidence pour vous protéger mais c'est souvent de vous-même. Faire le choix de faire face à ses peurs en les dépassant petit à petit permet de vous libérer. Le mental vous emprisonne dans des mécanismes de survie qui vont bien souvent à l'encontre de votre pleine puissance et de votre pleine liberté.

Rassurez-vous, vous ne vous mettrez pas en danger.

Dans votre enfance, vous connaissiez les vrais dangers pouvant menacer votre vie. Ici, en dépassant nos peurs, nous ne sommes pas dans la situation de risquer notre vie. Bien au contraire, la clé est de plonger dans l'inconnu pour mieux se découvrir et œuvrer vers son épanouissement.

Il est également salutaire d'exprimer vos peurs à votre entourage, et même à votre jumeau si vous êtes en contact. Vous verrez que cela vous soulagera et permettra d'observer avec plus d'objectivité la réalité de ces peurs. Car celles-ci conditionnent votre manière de communiquer avec les autres.

Par peur, vous n'osez pas exprimer vos limites, vos envies, vos besoins.

Par peur, vous agissez d'une manière qui n'est pas authentique, qui n'est pas l'expression de Soi.

Par peur, vous pouvez vous éloigner d'un vrai partage avec l'autre, d'une vraie complicité.

Lorsque vos peurs apparaissent, prenez le temps de les accueillir avec douceur et d'être avec elles. Ressentez-les profondément sans jugement, sans rien changer. Laissez-les simplement vous traverser. Cet espace dédié à la pleine conscience de ces peurs se vit comme une méditation où vous êtes avec elles sans les amplifier ni les maîtriser. Vous verrez que, bien que cela soit inconfortable, la peur vous traversera rapidement puis vous vous sentirez à nouveau en paix. N'essayez pas de l'éviter ou de tout faire pour la faire disparaître par les addictions ou comportements impulsifs. Vous verrez alors combien cette nouvelle technique peut vous aider à la dépasser.

Puis, une fois que celle-ci aura véritablement été vécue, lorsque vous retrouverez votre calme, prenez le temps de réfléchir à comment la dépasser. Quelles actions pouvez-vous entreprendre pour aller au-delà de celle-ci ?

Ces actions pourront se faire en douceur ou plus radicalement selon vos préférences, mais rassurez-vous, il y a toujours une solution. Des techniques comme l'hypnose permettent d'agir en douceur sans forcément revivre la peur en elle-même pour la libérer.

Ayez foi en vous, puis agissez selon vos intuitions et ressentis.

Dans la relation de flammes jumelles, la peur la plus présente est de perdre l'autre pour toujours. Cela crée de la dépendance émotionnelle. Cette peur dépasse cette vie présente et est reliée à d'autres vies karmiques où, bien souvent, les séparations entre flammes jumelles sont dues à la mort de l'un ou des deux. Des morts tragiques et souvent marquées par de grandes violences. Cette peur de perdre l'autre est donc ancrée en vous profondément. Ce qui explique la difficulté à s'en arracher.

Il est préférable, dans ces conditions, d'être conseillé par un thérapeute qui pourra véritablement vous accompagner pour soulager cette blessure profonde.

Puis abandonnez-vous à la Source et focalisez sur la foi en ce lien plus fort que tout.

La peur étouffe votre capacité à ressentir les intuitions et l'amour de votre jumeau dans les autres dimensions.

Enfin, sachez qu'elle n'est qu'une illusion dans la vie terrestre et que nous ne perdons jamais rien dans les autres dimensions. Il n'existe aucune fin, aucun commencement, car tout est évolution. Vous êtes relié à votre jumeau/jumelle en permanence sur les autres plans, pour toujours.

18e conseil : prendre soin de sa conscience spirituelle

Vos croyances ou encore votre religion vous ont peut-être amené à prier dans les moments difficiles de votre existence.

Même si vous n'adhérez à aucune religion, il vous est certainement déjà arrivé dans les moments de désespoir de demander de l'aide au Ciel, à la sphère spirituelle, de vous apporter du courage pour relever ce défi de grande ampleur.

Savez-vous que les lieux de prière, comme les églises par exemple et notamment les grandes cathédrales françaises, ont été construits sur des points électromagnétiques puissants ? Ces lieux énergétiques appelés « vortex » permettent à votre corps d'augmenter votre taux vibratoire et ainsi d'être plus réceptif aux messages de vos guides, de la Source.

S'ouvrir au fait qu'il y a une puissance divine qui vous accompagne au quotidien permet de vous connecter aux nombreuses sagesses.

Retrouver sa pleine puissance c'est pouvoir trouver l'unicité en Soi en accueillant sa part terrestre et sa part divine. Cette unicité se fait grâce à la croisée des deux axes de notre vie d'âme incarnée : l'axe vertical et l'axe horizontal.

Cela rejoint en quelque sorte l'équilibre yin/yang tout en apportant une autre compréhension.

Axe vertical

Il évoque la reliance entre le ciel et la terre : l'acceptation avec sagesse, amour et puissance d'être à la fois un corps physique et un corps énergétique et spirituel.

Se réconcilier avec la terre (magnétisme, nature, protection des animaux).

Se réconcilier avec ses intuitions.

La polarité yang est bien souvent plus à l'aise dans cet axe de verticalité.

Axe horizontal

Il met en évidence l'union de tout ce qui est : compassion, bienveillance avec Soi et les autres amenant à l'ouverture inconditionnelle.

Savoir se pardonner et pardonner aux autres.

Guérir de ses blessures.

Dépasser ses peurs.

La polarité yin est bien souvent plus à l'aise dans cet axe d'horizontalité.

Pour retrouver l'équilibre et l'harmonie, il est nécessaire aux deux polarités de trouver cet équilibre horizontal et vertical sans dominance de l'une ou de l'autre.

La synergie des différents corps et conscience amène à retrouver notre pleine puissance divine et à pouvoir ainsi communiquer véritablement avec nos guides.

Guides et anges : puis-je les contacter ?

Lorsque la vie nous impose des défis de taille, il est parfois difficile de croire que nous sommes aimés, guidés et accompagnés par nos anges gardiens.

Et pourtant, ils sont bien à nos côtés et encore plus dans les moments les plus tumultueux de notre existence.

Alors, pourquoi ne les sentons-nous pas véritablement ?

La plupart du temps, nos souffrances nous coupent de nos intuitions, de nos capacités extrasensorielles. Puis, lorsque nous retrouvons notre calme, nous ressentons la paix dans notre cœur et reprenons goût à la vie.

Nous sommes, à nouveau, capables de percevoir l'amour, la présence et la bienveillance de nos guides.

La règle du jeu

Rappelez-vous que votre incarnation sur terre est finement orchestrée pour vous permettre de jouer tout en expérimentant les émotions. Nous choisissons notre naissance dans une famille spécifique, nos défis, nos missions, nos rencontres amoureuses et amicales… Tout est déjà écrit.

Et selon notre volonté, nous avons choisi nos défis parfois extrêmes comme la mort brutale d'un être cher, l'emprisonnement, la violence physique ou encore la perte totale de nos biens…

Il n'y a aucune victime sur terre, ni aucun bourreau véritablement, car chacun joue son rôle à la perfection dans ce jeu auquel nous avons choisi de participer.

La mission de nos anges gardiens

Nous sommes chacun face à des défis qui demandent beaucoup de courage, d'énergie, de détermination pour réussir notre incarnation. Bien que nous ayons nos familles et nos amis, nous sommes souvent accompagnés par un sentiment de solitude. C'est à ce moment précis que les anges interviennent lorsque nous leur demandons leur aide.

Demandez et vous recevrez

Pour celles et ceux qui ont baigné dès leur enfance dans la

religion, vous avez déjà appris à demander par la prière. Et vous avez très certainement senti, dans les moments les plus pénibles, une douceur vous envahir entre deux sanglots. Vos anges ont su vous montrer, dans ces instants, un espace de calme et de paix vous permettant progressivement de retrouver le courage de dépasser les situations.

Pour celles et ceux qui sont encore novices dans ce lien spirituel qui nous unit aux esprits, sachez qu'il n'est pas nécessaire de se convertir à une religion ni à des préceptes alternatifs. Seule votre reconnexion à votre cœur vous permet de demander de l'aide.

Sachez que nous sommes déjà très courageux de décider de nous incarner dans ces vies où les épreuves sont nombreuses. Les anges, en admiration devant notre ténacité et notre détermination à aller au bout de nos missions, nous sont totalement dévoués.

Ainsi, chaque demande que vous ferez, en conscience et sans demande farfelue – comme gagner au loto ! – sera entendue et aidée dans son accomplissement.

Les rêves prémonitoires

Si vous n'êtes pas encore réceptif aux messages de vos guides, je vous invite à vous mettre à l'écoute de vos rêves. De nombreux rêves vous transmettent des messages concernant votre flamme jumelle et d'autres sur des situations qui se présenteront à vous prochainement.

Néanmoins, il est parfois difficile de comprendre clairement le message mais, au fur et à mesure de vos expériences, vous deviendrez un fin limier.

Pour celles et ceux qui sont très réceptifs à l'énergie, vous pourrez même ressentir un changement de celle-ci dans l'air et le message qu'elle apporte. C'est d'ailleurs comme cela que les animaux sauvages sont avertis de certaines menaces et peuvent ainsi éviter les dangers.

Gratitude

Il est essentiel de remercier la vie pour ses bienfaits même lorsqu'ils sont cachés par la souffrance, la tristesse et l'incompréhension.

Chaque situation a sa raison d'être. Il est important de constater que c'est souvent dans le défi que nous grandissons précieusement.

Tous les enseignements nous amènent progressivement vers notre cœur, notre complétude, tout en nous renforçant.

Petit rituel quotidien : remerciez la vie chaque matin et chaque soir pour ce qu'elle vous offre.

19e conseil : découvrir ses dons et capacités

La reconnexion à votre flamme jumelle permet d'amplifier vos dons et capacités extrasensorielles.

Il est naturel de douter de cette évidence. Et pour mieux confirmer cette vérité, il est intéressant de se pencher sur vos intuitions. Vous avez certainement eu au moins une fois un ressenti. Votre mental n'avait pas le temps de réfléchir à une situation par la pensée, mais vous aviez une intuition que quelque chose allait se produire. Cela a pu même se présenter sous forme d'image ou de mot dans votre tête comme si votre âme vous parlait. Ces intuitions sont tout simplement des capacités médiumniques.

Avoir le sentiment qu'une situation future est en train de se préparer ou va se présenter, que ce soit un danger ou une bonne nouvelle…

Avoir le sentiment que quelqu'un vous cache quelque chose…

Vos ressentis ne sont pas le fruit du hasard mais bien une capacité peu exploitée d'interagir avec les autres dimensions.

Qu'est-ce que la médiumnité ?

La médiumnité est une capacité à pouvoir se mettre dans un état de conscience des autres dimensions. Ainsi la personne est au milieu (médium) des différentes dimensions. Dans ces autres dimensions, vous retrouvez vos guides, les esprits des défunts, la Source ainsi que le palais akashique.

Dans ce palais akashique se trouve le livre de vie de chaque âme depuis sa création par la Source. Ce livre de vie permet de connaître le passé – les vies et blessures karmiques – et également les possibles futurs.

Il n'existe pas un futur totalement clair, précis et déjà tracé, car vous êtes incarné avec votre libre arbitre qui ouvre ainsi le champ des possibles. Chaque décision que vous prendrez aura un impact sur votre devenir, votre futur.

Cependant, à chaque incarnation, il y a des défis qui seront inévitables, quel que soit le chemin que vous empruntez. C'est pourquoi, en fonction de l'énergie que vous dégagez à ce moment-là, un médium est capable de percevoir le ou les possibles qui vous attendent. Il n'y a ainsi aucune erreur à proprement parler. Chaque chemin vous amène vers l'objectif principal décidé avant votre naissance.

Comment découvrir ses capacités médiumniques ?

Faire confiance à ses intuitions demande d'apprendre à écouter. Cette écoute est bien différente de l'écoute des bruits en 3D, c'est plutôt une écoute de l'invisible.

Il est important de faire la différence entre le mental qui échafaude des plans, des rêves, et notre intuition qui ressent sans créer.

Néanmoins, chaque peur et chaque pensée négative vous éloigneront de vos intuitions. En effet, pour que votre intuition soit optimale et pour amplifier vos capacités médiumniques, il est crucial d'avoir l'esprit dégagé : le calme mental doit être atteint totalement.

Dans un premier temps, ce pourrait être un lâcher-prise de

quelques secondes, voire quelques minutes. Mais plus vous mettrez en pratique le calme mental plus vous vous ouvrirez à votre médiumnité.

La peur est un conditionnement qui vous éloigne véritablement de votre puissance et surtout de votre liberté.

La méditation est souvent un bon moyen de vous ouvrir au calme mental et ainsi ressentir votre intériorité et donc votre guidance intérieure : votre médiumnité.

Et plus vous pratiquerez, plus vous vous ouvrirez à vos dons. Des ressentis naîtront des perceptions de plus en plus puissantes avec des images, des films, des sons… Vous pourrez même poser des questions et recevoir des réponses immédiatement.

Découvrir ses capacités de guérisseur

Il en est de même pour vos capacités de soin. Même si vous pouvez en douter, ces capacités sont bien réelles. D'ailleurs, elles sont innées.

Avez-vous déjà observé un enfant qui tombe ? Le premier réflexe est de poser sa main sur la blessure. Cette réaction est le premier soin par le magnétisme. Rappelez-vous que tout est énergie. Il n'y a donc aucun doute à avoir sur le fait que nous pouvons jouer avec les énergies.

La communication bienveillante est une forme d'énergie qui va avoir une influence sur nos corps énergétiques et, par conséquent, notre corps physique. Lorsque l'on se blesse ou que l'on se brûle, l'énergie de la zone du corps concernée diminue. En revanche, tout le reste de notre corps physique développe une énergie plus importante. Le corps compense la baisse d'énergie de cette zone par une élévation de l'énergie aux autres endroits et ainsi permet de soutenir l'organisme et les cellules immunitaires et de réparation pour guérir. C'est pourquoi, en quelques jours, votre corps guérit de sa blessure ou brûlure le plus souvent par lui-même.

Vous pouvez néanmoins aider votre corps à cicatriser plus rapidement par vous-même ou grâce à une autre personne porteuse d'une bonne énergie.

La meilleure méthode pour soigner par vous-même les petites blessures physiques est d'observer avec bienveillance et amour la zone blessée, puis de lui offrir des pensées d'amour, tout en réalisant une imposition des mains.

La pensée est d'une puissance incroyable. Elle est aussi rapide que la vitesse de la lumière et peut ainsi agir à des milliers de kilomètres. C'est pourquoi de nombreux guérisseurs sentent les faiblesses énergétiques d'une personne et peuvent agir en coupant le feu à distance ou en apaisant la personne. L'important dans tout cela est de véhiculer l'amour par le don, la générosité.

De ce fait, vous comprenez combien une pensée positive et aimante vis-à-vis de vous-même et des autres peut faire des miracles !

20e conseil : guérir de ses vies karmiques

De nombreuses flammes jumelles peuvent, en étant en méditation, revoir des images de leurs vies passées. Chaque vie revisitée vous informe des blessures, des traumatismes, ou encore des comportements que vous avez eus et qui demandent à être libérés, guéris ou encore modifiés.

Bien souvent, parmi les vies karmiques qui se présentent à vous, vous rencontrerez aussi des nœuds karmiques. Ce sont des situations qui ont créé de vrais blocages et traumatismes entre votre flamme et vous-même.

Il est par conséquent important d'être accompagné pour vous guider à revivre cette situation et apporter un message à cette mémoire : lors d'une karmathérapie par exemple ou lors d'une séance d'hypnothérapie, on vient modifier le souvenir, le libérer de sa charge émotionnelle et lui transmettre une émotion plus douce.

Voici quelques astuces qui pourront vous aider dans un premier temps :

Revivre la blessure originelle

Choisissez un espace calme où vous aurez tout le loisir de vous relaxer et de vous offrir ce temps de retour karmique. Allongez-vous ou asseyez-vous, puis fermez les yeux. Inspirez profondément puis expirez avec douceur et harmonie.

Dès que vous vous sentez totalement détendu, connectez-vous

à cette souffrance qui vous anime. Ne tentez pas de changer quoi que ce soit pour le moment. Prenez plutôt le temps de ressentir et d'être pleinement dans cette situation.

Une fois que vous sentez que vos émotions sont plus calmes, plus douces, prenez le temps d'exprimer par la pensée, à votre jumeau, ce que vous ressentez.

Puis, prenez le temps de vous pardonner et de lui pardonner.

Enfin, prenez-le dans vos bras avec amour et bienveillance.

Une fois que vous avez le sentiment que ce nœud karmique est libéré, inspirez puis expirez en douceur et revenez tranquillement à l'« ici et maintenant ».

Si vous sentez une difficulté à revenir, prenez votre temps et laissez-vous guider par votre élan. Rassurez-vous, vous retrouverez le chemin du retour au moment venu.

Pendant cette méditation guidée, il se peut que vous ressentiez des vertiges, des étourdissements ou d'autres sensations… C'est tout à fait normal car, en revisitant ces mémoires, et en libérant les nœuds et blessures, vous changez le cours des choses. Votre taux vibratoire change et vos cellules s'adaptent.

Bonhomme allumette

Vous connaissez certainement le jeu du bonhomme-allumette où vous libérez les nœuds karmiques entre deux personnes.

Il est fort intéressant durant ce parcours de flammes jumelles de se libérer des liens toxiques ou devenus obsolètes.

Pour cela, il suffit de prendre une feuille et de dessiner deux personnes. L'une vous représentera et l'autre sera la personne dont vous souhaitez vous libérer et dénouer les attaches inutiles qui vous emprisonnent.

Chaque personne doit être mise dans un halo de lumière. Les deux personnes sont reliées entre elles au niveau de chaque chakra principal. Puis, à l'aide de ciseaux, coupez la feuille en deux en sectionnant les 7 lignes (correspondant aux chakras) qui relient chaque personne. Pendant que vous découpez cette feuille en deux, faites le vœu : « Je nous libère de… », puis ajoutez une phrase positive comme : « Chacun retrouve sa pleine liberté, sa pleine aisance… » Enfin, déposez une bougie au-dessus des deux personnes afin d'illuminer avec puissance leur autonomie et leur libération.

Vous pouvez également faire ce jeu du bonhomme-allumette uniquement pour vous en vous reliant à une situation qui vous limite afin d'accéder à un plein retour à votre puissance.

Les bonhommes-allumettes ne peuvent détruire le lien entre flammes jumelles car ce lien est bien au-delà de nos capacités d'âme. L'âme ne peut être détruite, par conséquent les flammes d'une même âme sont également protégées par la Source.

Séquence chamanique

Dénouer les nœuds karmiques demande parfois une grande

volonté et une belle implication. C'est pourquoi il peut être utile d'utiliser le nettoyage à la sauge ainsi que le nettoyage sonore. Le soin chamanique est alors le plus conseillé.

Loin des spectacles de chants et danses chamaniques des films hollywoodiens, et loin aussi des substances hallucinogènes, le chamanisme est l'ancêtre de la médecine dans de nombreux pays et peuplades du monde.

Peut-être avez-vous déjà participé à un cercle chamanique où le son du tambour nous fait découvrir des ressentis nouveaux, comme une reconnexion à quelque chose en nous de plus vrai, de plus profond, de plus sacré et mystique.

Peut-être n'avez-vous jamais essayé cette pratique ancestrale qui permet d'entrer en contact avec les esprits et de se soigner par le son et la vibration.

La médecine de nos ancêtres était déjà très évoluée, contrairement à ce que nous croyons. En utilisant les plantes de leur environnement, de la racine à la feuille, en décoction, en macération, en huile essentielle… le chaman était le médecin de la tribu. Ses connaissances étaient directement transmises par les générations précédentes mais également grâce à sa connexion au divin.

Le soin au tambour

Nous savons depuis peu que tout est vibration dans l'Univers et également sur notre Terre.

Toutes les tribus connaissaient l'impact du son du tambour sur le corps. Chaque vibration permet de stimuler chaque cellule et ainsi de rééquilibrer leur action et leur taux vibratoire.

De nos jours, le soin par le tambour est de nouveau mis à l'honneur. Il est possible d'observer en quelques minutes l'effet bénéfique du son du tambour et des rythmes utilisés.

Pour en être convaincu, faites l'expérience ! Soit en acquérant un tambour, soit par un thérapeute. Vous pourrez ainsi nettoyer votre aura et vous libérer.

21e conseil : se nettoyer en harmonie avec la nature

De nombreuses civilisations ont, depuis la nuit des temps, pris conscience de l'intérêt de se purifier. Ce n'est que dans notre société moderne que nous avons perdu ce rituel si bénéfique pour notre santé, nos énergies.

Purifier notre corps, c'est avant tout prendre le temps de nous libérer des énergies anciennes qui ne sont plus en adéquation avec ce que nous sommes ici et maintenant. Se purifier, c'est également s'éloigner des énergies négatives que nous créons quotidiennement par notre mental et nos émotions.

En effet, nos pensées, nos croyances limitantes, nos colères, nos insatisfactions, nos frustrations, nos tristesses, sans oublier notre alimentation déséquilibrée, emprisonnent nos énergies, nous limitant dans notre bien-être. Notre taux vibratoire en est alors totalement altéré. Pour retrouver une belle énergie, il est nécessaire de prendre conscience de la nécessité de créer des rituels de purification.

Une purification complète demande de prendre en compte les éléments comme l'eau, le feu, la terre et la nature, et également de prendre le temps d'écouter notre corps, nos intuitions pour trouver le calme en Soi.

Lorsque vous vous penchez sur les civilisations anciennes, leurs rituels étaient rythmés par la prière, la méditation, le chant, le son des tambours, le feu avec les herbes purificatrices, l'eau en se lavant, et l'alimentation pour une purification intérieure. Le corps physique ainsi que les corps subtils étaient véritablement pris en compte et conscientisés. Seules de telles conditions permettaient d'être en totale harmonie avec son être divin.

Aujourd'hui, reprendre son pouvoir, sa puissance, c'est avant tout prendre conscience de ses besoins au-delà de la sphère matérielle. Nos vrais besoins sont véritablement loin de notre société moderne. De nombreux ouvrages parlent de prendre soin de Soi en mettant en lumière une idée, une action. Cependant, tant que vous ne prenez pas en compte votre être dans son entièreté et que vous vous focalisez sur une partie de votre corps, vous ne pouvez retrouver votre pleine puissance, votre plein équilibre, votre pleine harmonie.

Il est temps à présent de se mettre en route vers Soi !

« Purifie-toi des attributs du moi, afin de pouvoir contempler ta propre essence pure. »

Purification par l'eau

Prendre un bain de mer, de rivière ou une douche, en conscience, avec des produits naturels, permet d'évacuer les énergies de la journée. Vous pouvez également utiliser un peu de sel de bain dans votre baignoire.

Purification par le feu

La sauge est la plante la plus utilisée lors des rituels de purification. Prenez-la bien sèche et brûlez-la dans un brûloir.

N'hésitez pas à respirer sa fumée. Elle sera également un remède efficace pour les personnes asthmatiques.

Les encens à base de camphre, de lavande ou de sang-de-dragon (Palo Santo – Dragon's blood) sont également très appréciés lors des séances de purification.

Purification par les huiles essentielles

Quelques huiles essentielles bio peuvent changer rapidement votre quotidien et vous permettre de retrouver équilibre et bien-être.

L'huile essentielle de citron permet de purifier le système digestif. Une à deux gouttes par jour sur un morceau de pain seront parfaites.

L'huile essentielle d'encens oliban se diffuse, quant à elle, dans votre espace de vie. Cette résine sacrée purifie le lieu de vie tout en favorisant la méditation et en renforçant la confiance en soi.

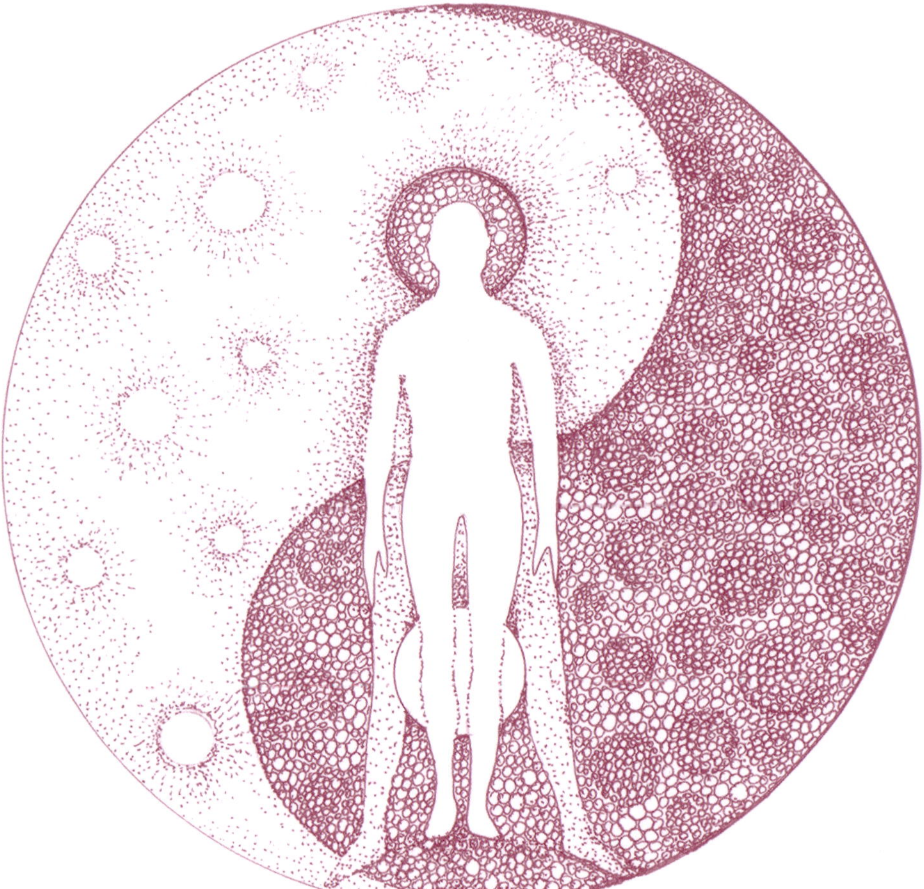

III

Et toutes ces autres choses à vous dire aussi !

Il y a tant de notions, de choses à exprimer sur le sujet des flammes jumelles ! C'est pourquoi cette dernière partie se veut être un florilège de toutes les questions que l'on peut se poser et de toutes ces informations qui nous sont très utiles pour mieux comprendre, mieux avancer et mieux se retrouver soi-même.

Suis-je sur un parcours de flammes jumelles ?

Pour y répondre, il est nécessaire de regarder avec objectivité la dynamique de la relation qui vous concerne.

Est-ce que cette dynamique relationnelle se rapproche grandement de celle présentée en première partie de ce livre (voir p. 13) ? En effet, la relation de flammes jumelles est un lien d'âme particulier qui, vous l'aurez compris, est à la fois d'une puissance énergétique incroyable, d'une beauté infinie tant le lien est indestructible, mais aussi porteuse de grands chamboulements dans notre existence tant elle nous oblige à nous confronter à nos blessures, nos parts d'ombre, nos dysfonctionnements.

Comment se passent vos rencontres, vos échanges ? S'agit-il de moments beaux et doux bien qu'intimidants ? En effet, bien que très différentes et parfois prises au piège de leurs émotions intenses (dans le premier temps du parcours), les flammes jumelles sont animées d'un profond respect, d'une bienveillance extrême l'une envers l'autre. Il y a beaucoup de douceur de cœur dans leur approche. En aucune façon elles se dénigrent ou se moquent de l'autre. Il peut y avoir des heurts mais il s'agit davantage d'incompréhension et d'expression de désaccords plutôt que de volonté consciente de blesser l'autre. Car s'il y a manipulation, dénigrement, violence ou abus, il ne s'agit en aucun cas d'un lien de flammes jumelles, mais d'une relation toxique voire perverse narcissique.

Est-ce que cette relation a occasionné chez vous des ressentis intenses ? Lors de la reconnexion avec sa flamme jumelle, de nombreuses sensations corporelles, émotionnelles et énergétiques s'activent. Cette rencontre stimule nos ressentis, nos perceptions. Nous avons l'impression de ne plus être tout à fait nous-même. Toutes nos sensations sont attisées. Et le plus important est ce sentiment que l'autre est totalement différent de tout ce que nous avons expérimenté auparavant dans l'énergie d'une relation.

Avons-nous tous une flamme jumelle ?

Non, nous ne sommes pas tous sur un chemin de flammes jumelles. Notre âme décide de s'incarner selon ses objectifs d'expériences et certaines âmes choisissent d'expérimenter le lien de flammes jumelles, d'autres d'âmes sœurs, ou encore tous les autres liens possibles. Et tout est parfait ainsi. Et nous avons tous un parcours d'éveil qui nous conduit progressivement à prendre soin de nous, en conscience, pour retrouver davantage d'équilibre dans notre vie ainsi que la joie de vivre. Les enjeux de votre incarnation sont tout aussi importants pour votre âme, que vous soyez flamme jumelle ou non. Si vous n'êtes pas sur un parcours de flammes jumelles, sachez que votre chemin d'éveil spirituel sera tout aussi riche et parfois même beaucoup moins douloureux. Chaque existence a sa raison d'être et est ponctuée de moments merveilleux et d'instants plus difficiles. Il n'y a pas d'élite concernant la nature de votre âme ni dans la manière dont elle choisit de s'incarner. Toute traduction serait pure construction erronée attisée par l'ego humain.

Peut-on avoir plusieurs flammes jumelles ?

Non, cela est impossible compte tenu de la genèse expliquée en première partie. En effet, l'âme se sépare en deux entités seulement. L'une portant majoritairement la polarité yin et l'autre la polarité yang.

Puis-je être à la fois dans un lien d'âme sœur avec une personne, tout en étant dans un parcours de flammes jumelles ?

Oui, c'est tout à fait possible. Lorsque c'est le cas, la rencontre avec l'âme sœur s'est produite très souvent avant la reconnexion avec sa flamme. Pour autant, peu importe la chronologie des rencontres, il est simplement nécessaire de comprendre que, pour que les deux flammes puissent se réunir, il faudra se séparer de l'âme sœur.

Qu'est-ce qu'une énergie tierce ?

Lorsque l'on parle d'énergie tierce, cela renvoie aux personnes, aux activités ou aux addictions qui peuvent empêcher l'étape de complétude à l'intérieur de Soi. À mesure que l'on avance sur le parcours, chaque flamme va devoir se libérer de l'emprise de ses énergies tierces.

Lorsque l'on parle de la tierce, il s'agit là de la compagne ou du compagnon amoureux d'une flamme. Elle peut être une âme sœur, une personne toxique ou perverse narcissique. Il est important de prendre conscience que la tierce est une étape dans le parcours. Elle a sa raison d'être, qu'elle ait une influence négative ou positive sur la flamme. Chaque flamme, sur son parcours initiatique, doit apprendre de ses relations sentimentales pour évoluer et reprendre sa pleine liberté d'être et de se vivre, mais également pour bien souvent finaliser une relation karmique. Aussi, plutôt que de focaliser sur la tierce de votre flamme jumelle, prenez l'habitude de tourner votre regard vers vous-même et d'opérer les transformations qui vous concernent. Plus vous prendrez soin de vous, plus vous serez dans l'instant présent avec vous-même, plus le parcours avancera et plus vous vous rapprocherez de votre flamme.

Est-ce que je peux dire à mon jumeau que nous sommes sur un parcours de flammes jumelles ?

Il est souvent conseillé de ne pas aborder ce sujet tant que votre flamme jumelle n'a pas exprimé son besoin de comprendre ce lien. Car, tant que ce n'est pas le cas, si votre flamme jumelle est un runner, celui-ci pourrait être dans un profond rejet ou déni. Et si votre flamme est un chaser, ce désir peut être à la fois source de compréhension mais aussi de grandes souffrances. Sentez simplement si ce désir est relié à l'amour et non à l'ego qui souhaite que cette information agisse dans une volonté de « contrôle » vis-à-vis de l'autre.

Lors de la phase de séparation, puis-je recontacter mon runner ?

Pendant toute la phase de séparation, le chaser éprouve souvent l'envie et le besoin de contacter son runner, très souvent pour apaiser le manque, pour ressentir l'amour émanant de l'autre, pour être rassuré. Tant que cette envie est dictée par ces différentes expressions du manque affectif, il est préférable de ne pas prendre contact et de continuer à soigner votre dépendance avec un thérapeute. Il vaut mieux apprendre à accepter le silence et la distance de votre flamme car c'est indispensable pour vous deux. Votre flamme a besoin de temps et d'espace afin de pouvoir ressentir et faire la clarté sur ce qui se passe à l'intérieur d'elle. Ce n'est pas en l'étouffant de vos appels ou messages qu'elle pourra opérer son propre processus de conscientisation et d'acceptation de ses émotions et sentiments. Toutefois, si vous ressentez l'intuition que c'est le moment de prendre des nouvelles, alors agissez ! Car il n'est pas nécessaire non plus de rester dans le silence par entêtement. Tout est une question de perception, d'appel de l'âme et non d'action reliée à l'ego.

Il est donc important de respecter le rythme de votre flamme, ses temps de résilience et de prise de conscience. Tout est juste et tout est finement orchestré pour que tout se passe le mieux possible. Faites confiance à la Source et à votre flamme !

Est-ce que ma flamme pense à moi et éprouve les mêmes sentiments que moi ?

Les deux flammes sont continuellement reliées entre elles par le lien et sont, par conséquent, souvent amenées à penser à l'autre, à ressentir les mêmes émotions l'une envers l'autre : le lien entre deux flammes jumelles n'est pas nécessairement amoureux, bien que ce soit tout de même le cas pour une très grande majorité. Néanmoins, le runner ayant cette capacité de se déconnecter par moments de ses ressentis (bouton on/off) sera, de fait, moins imprégné par ses émotions que le chaser. Mais, rassurez-vous, cette capacité à se déconnecter de ses ressentis est limitée. La Source veille à ce que chaque flamme soit régulièrement bombardée de signes, rappelant en permanence que l'autre existe et que le lien est toujours là, même si l'envie de fuir est présente. Et, d'un point de vue énergétique, chaque flamme est amenée de manière régulière à ressentir l'autre et à ressentir l'attirance pour l'autre et le besoin de « recontact ».

Quand aura lieu la réunion ?

La réunion est une étape obligée mais dont aucune des deux flammes ne connaît la date. Ceci est absolument nécessaire car, si le chaser par exemple était au courant de la date de la réunion, il n'opérerait pas les changements nécessaires à activer cette réunion, il attendrait sagement que la date arrive et donc l'échéance serait repoussée éternellement, puisque la réunion ne peut s'opérer que lorsque les deux jumeaux ont élevé leur taux vibratoire, qu'ils ont soigné leurs blessures et qu'ils ont apaisé leur ego. C'est parce que les jumeaux ne connaissent pas la date de la réunion et que cette attente est douloureuse qu'ils opèrent l'un et l'autre les transformations nécessaires pour se sentir mieux. On ne change pas tant que c'est confortable : on se prend en main lorsque cela devient impossible à occulter. Personne ne peut donc vous indiquer de date précise, car elle est liée au temps incompressible et nécessaire pour que le duo puisse retrouver sa complétude et avoir expérimenté toutes les situations nécessaires à la réunion.

Lorsque je rêve de ma flamme, est-elle également en train de rêver de moi ?

Oui et non. Chaque flamme est amenée à rêver de son autre que l'on soit runner ou chaser. Pour autant, ces rêves peuvent se produire de manière synchrone ou lors de nuits différentes. Il arrive qu'un rêve vous submerge pleinement, laissant au réveil une impression intense de l'autre durant plusieurs heures ou même plusieurs jours. Il s'agit certainement d'un rêve au cours duquel votre flamme vient vous rendre visite : on appelle cela une « sortie de corps astral ». C'est en effet un moyen pour les jumeaux de pouvoir se recharger énergétiquement auprès de l'autre, sans qu'il y ait de contact dans la 3D.

Comment faire en sorte que ma flamme ne me fuie plus ?

La fuite est la seule solution que votre runner ait trouvée pour apaiser ses sensations terriblement puissantes de peur et d'insécurité à l'intérieur de lui. Il ne vous fuit pas vous, il fuit ses émotions intenses qui s'activent à l'intérieur de lui. Pour que votre flamme puisse revenir vers vous et arrêter de fuir, il est primordial de lui laisser le temps nécessaire de son côté et, surtout, de votre côté, de prendre en charge toutes vos blessures et d'opérer dans votre vie les changements nécessaires à votre complétude. Plus vous avancerez vers votre éveil et votre propre transformation, plus vous aiderez énergétiquement votre autre – en libérant la charge traumatique du duo – et plus vous approcherez de la réunion.

La phase de séparation est-elle obligatoire et se fait-elle nécessairement loin de l'autre, sans contact ?

La phase de séparation est inéluctable dans le parcours. Néanmoins, selon la mécanique du duo et la manière dont l'âme a décidé de vivre cette séparation, celle-ci peut se dérouler aussi bien sans aucun contact entre les deux flammes, ou au contraire avec des retrouvailles répétées, ou encore en étant en contact de manière régulière. Peu importe comment cette phase s'opère, elle reste délicate et invite chaque flamme à œuvrer en permanence pour guérir, lâcher prise, s'éveiller et se libérer.

Dans tous les cas, que les flammes soient en contact ou non, cela n'accélère, ni ne ralentit le temps de cette phase de séparation.

Pourquoi mon runner est-il capable de me dire qu'il m'aime tout en redoublant de silence et de distance après ?

Pendant toute la phase de guérison (de réparation), avant la réunion, le runner est plongé dans ses propres blessures, dans ses propres peurs, dans ses propres dysfonctionnements, tout en étant dirigé malgré lui et inconsciemment par son faux-self. Aussi, le runner est régulièrement plongé dans des phases de déni, le poussant à s'éloigner de son chaser. Le chahut de ses émotions et le doute de ses sentiments l'envahissent régulièrement, empêchant une vision juste et claire de ce qu'il ressent. Au fur et à mesure le runner conscientise et apprend à faire la clarté de ce qui se joue en lui. C'est pourquoi il arrive que, très souvent après avoir exprimé à son chaser sa conscientisation de cet amour, le runner soit envahi par l'émotionnel et, ne parvenant pas à faire le calme à l'intérieur de lui, il se sente poussé à s'éloigner pour apaiser ses ressentis et retrouver une sécurité intérieure. Et parfois le faux-self reprend sa place et l'amène vers une phase de déni ou d'occultation de la réalité de ce qu'il ressent. Bien entendu, ce sentiment perdure à l'intérieur de lui et il va de plus en plus s'habituer à ce ressenti et le conscientiser : il réalise que c'est de plus en plus important pour lui, que cela occupe une place de plus en plus grandissante.

Je pense sans cesse à ma flamme, comment apaiser cette obsession ?

Dans un premier temps, il est important d'accepter que vous soyez continuellement relié à votre flamme et que vous ne puissiez pas vous soustraire de ce lien. Cependant, vous pouvez pratiquer la méditation pour apaiser vos émotions et votre mental, tourner votre regard sur vos objectifs de vie, sortir et vous changer les idées, prendre en charge vos blessures avec un thérapeute et revenir continuellement à l'instant présent. Plus vous procéderez ainsi, moins ces pensées obsessionnelles vous habiteront.

Dois-je me séparer de mon conjoint pour que mon runner revienne vers moi ?

Pour que la réunion puisse s'opérer, les deux flammes doivent être libres d'engagements sentimentaux. Toutefois, cette séparation de votre conjoint ne doit pas être effectuée dans ce but premier. Cette décision vous appartient et elle doit être en accord avec vos ressentis et vos envies. Ce n'est pas parce que vous vous séparez de votre conjoint que votre runner reviendra aussitôt. Il y a une multitude de petites et grandes étapes indispensables conduisant à la réunion. La séparation est l'une d'entre elles : elle permet à chaque jumeau de se tourner vers soi, de vivre pour soi, d'écouter ses propres besoins, de se délester de l'énergie vibratoire de l'autre pour rayonner de sa propre énergie. Toute imprégnation d'une énergie tierce doit être totalement évacuée chez les jumeaux pour favoriser la réunion. Lorsque la séparation avec votre conjoint devra s'opérer, la Source vous poussera à le faire. N'oubliez pas que ce chemin initiatique est un parcours d'éveil et de développement personnel où la priorité est de prendre soin de vous et de faire les bons choix en accord avec vos envies et votre propre quête du bonheur pour vous-même.

Il existe des jumeaux dits « réunis » qui sont pleinement conscients du lien qui les unit et qui ont cependant décidé de poursuivre chacun de leur côté leurs relations sentimentales avec leurs âmes sœurs. Tout est possible dans la mesure où le déni ou les peurs ont été dépassés totalement des deux côtés.

Dois-je forcément vivre seul pendant tout ce parcours pour pouvoir retrouver ma flamme jumelle ?

Non. Il est vrai que la solitude est souvent nécessaire pour les flammes afin de pouvoir se comprendre vraiment, se connaître sans que des tierces viennent entraver ce processus de retour à Soi et d'écoute de Soi. Lorsque la flamme est impliquée dans une vie sentimentale, elle est sans cesse amenée à se décentrer, se désaxer d'elle-même pour se tourner vers l'autre et vers cette vie commune.

Néanmoins, il ne faut pas occulter les bienfaits des relations sentimentales car elles font partie de l'expérimentation des flammes et de leur processus de transformation. Chaque rencontre et chaque expérience amènent la flamme à conscientiser, à dépasser, à grandir…

Le principal défi des flammes jumelles est l'individuation de chacune – et ce encore plus pour les flammes jumelles ayant déjà un lien gémellaire.

Encore une fois, il n'y a pas de « je dois » ou de « il faut ». L'objectif est de vous vivre, de cheminer et d'évoluer. Tout se fera en temps voulu. Faites confiance au timing divin, à la Source et à vos guides.

Est-ce que nous vivrons en couple avec ma flamme ?

Tout dépend de vous et de votre flamme. Rien n'est obligatoire. Vous pouvez décider de vivre en couple, d'habiter le même foyer, ou séparément, cette décision n'appartient qu'à vous. Encore une fois, le chemin de flammes jumelles n'est pas lié à la notion limitante du couple tel que défini par notre société occidentale, mais bien à une ouverture des consciences dans l'amour inconditionnel. Le couple de flammes jumelles est un duo avant tout !

Ce parcours est long et douloureux, comment garder confiance ?

Effectivement, ce parcours est assez éprouvant et exigeant. Pour autant, n'oubliez jamais que vous vous réunirez avec votre flamme quoi qu'il arrive. C'est une étape obligatoire de ce processus. La Source ne vous fait pas vivre tout cela pour rien. Et plus vous avancerez sur votre parcours et moins cela sera vecteur de souffrances, moins l'impatience sera présente et plus vous serez dans un sentiment de joie profonde et de douceur de vivre.

Qu'est-ce que l'égrégore de flammes jumelles ?

L'égrégore est un regroupement énergétique/vibratoire de plusieurs âmes. Les âmes contenues dans un égrégore ont une fréquence vibratoire spécifique qui les relie toutes entre elles dans les plans subtils. Elles peuvent être amenées à se côtoyer sur le plan terrestre. Concernant les flammes jumelles, selon la date de reconnexion et l'avancée des duos, on identifie des sous-groupements de flammes jumelles : celles qui ont déjà pansé leurs blessures principales, qui ont déjà bien apaisé leur ego par exemple, n'appartiennent pas au même égrégore que celles qui sont en début de parcours et qui n'ont pas encore pris en charge leurs blessures. En raison de la constitution de ces égrégores, nous évoluons ensemble. Aussi, nous pouvons être « portés » ou « freinés » par l'avancement de notre égrégore.

Et c'est aussi la raison pour laquelle nous sommes souvent amenés à croiser d'autres flammes jumelles sur notre parcours, tant nous nous attirons vibratoirement. Ces rencontres nous apportent du soutien ou des éclairages bénéfiques pour notre cheminement personnel.

On parle souvent de synchronicités, de quoi s'agit-il ?

Les synchronicités font partie intégrante du parcours de flammes jumelles et correspondent à toutes les coïncidences qui se produisent tout au long du parcours et qui permettent à chaque flamme jumelle d'avancer dans la bonne direction. Plus précisément, ce peut être par exemple le nom de votre flamme jumelle qui apparaît régulièrement dans votre quotidien (à la télévision, sur une affiche, dans un livre, sur une boîte aux lettres…), ou bien les initiales FJ ou celle de votre flamme, ou encore des éléments autour de vous qui font émerger le souvenir de l'autre (chanson, film, lieu de vie…), ou aussi des gens que vous rencontrez par hasard et qui vous parlent spontanément de votre autre… Ces synchronicités ont pour but de maintenir la présence de l'autre dans votre esprit et la conscientisation du lien en permanence, quoi que vous fassiez.

Elles peuvent également apparaître afin d'apporter une réponse à une question que vous avez formulée à vos guides. Toutes ces synchronicités jalonnent votre parcours et vous permettent aussi d'avoir foi en la Source et dans le fait que vos guides sont toujours là. Et ces synchronicités sont aussi nombreuses que l'on soit chaser ou runner.

Quand est-ce que mon runner va s'éveiller à notre lien ?

Tout est une question énergétique et d'avancement sur le parcours. Lorsque le chaser se tourne pleinement vers lui-même, qu'il prend en charge ses blessures et s'offre le meilleur pour lui-même – et non pour les autres ou pour son runner, ce dernier est alors libéré énergétiquement de l'emprise de son chaser et peut ainsi évoluer à son rythme, être davantage, lui aussi, dans cette reconnexion à lui-même pour comprendre ce qui se joue en lui et opérer les transformations et conscientisations nécessaires à son éveil, au lien et à sa flamme. Tant que le chaser se cristallise sur ce que fait son runner, celui-ci ne peut entamer son chemin d'éveil. Et ce temps nécessaire à l'éveil est propre à chaque duo de flamme. L'éveil du runner ne dépend pas uniquement de lui-même mais aussi du chaser.

N'oubliez jamais que vous fonctionnez en duo, l'un avec l'autre, ensemble.

Existe-t-il une inversion des polarités au cours du parcours ?

Non, chaque flamme conserve sa polarité dominante jusqu'au bout du parcours. Les flammes jumelles sont justes amenées à rééquilibrer le plus possible leurs deux polarités à l'intérieur d'elles-mêmes, sans jamais opérer de changement de polarité. Le yang reste par nature fidèle à sa dynamique première, tout comme le yin de son côté.

Qu'est-ce que le switch ?

Dans le cheminement de flamme jumelle, la polarité yin est amenée à fuir en premier mais, selon le processus, il arrive que cela soit l'inverse. Lorsque la polarité yang a suffisamment avancé sur son parcours, elle peut d'une manière égotique décider de s'éloigner du lien et entrer dans l'énergie de la fuite, ou même du déni du lien. Cet inversement de la synergie de base s'appelle le « switch ». La réunion ne peut alors avoir lieu qu'au moment où la polarité yang sort de cette fuite, ce déni.

Le chaser est-il toujours la polarité éveillée en premier ?

Non. Même si régulièrement le chaser est la première polarité qui s'éveille au lien, nombreux sont les runners éveillés bien avant leurs chasers.

En effet, la polarité yin ressent le lien d'une manière énergétique, et ce dès les premiers instants de la reconnexion même s'il ne l'exprime pas par les mots. Elle est par conséquent celle qui ressent la première le lien sans pour autant être la flamme dite « éveillée » en premier. Dans le vocabulaire employé sur le parcours des flammes jumelles, la polarité dite « éveillée » est celle qui met en premier les mots sur cette relation.

Attention, ce n'est pas parce que le runner n'est pas un « runner éveillé » qu'il ne ressent pas pour autant le lien à sa flamme, ni l'attraction. Il n'a tout simplement pas encore affiné ses ressentis ni formalisé dans son esprit la nature de ce lien.

Avons-nous tous une mission commune avec notre flamme jumelle ?

La mission commune ne peut se présenter qu'après la réunion véritable des deux flammes. Par conséquent, elle dépend avant tout de leurs avancées respectives, chacune de leur côté.

Peu de flammes jumelles réunies prennent la parole pour évoquer leurs missions, par conséquent il est encore très difficile de pouvoir avoir une réponse totalement claire sur cette question.

Quelle est la relation de couple des flammes jumelles ?

Une relation de couple de flammes jumelles nécessite de faire preuve d'une grande ouverture car elle est différente de la relation amoureuse traditionnelle. Il n'est pas simple de trouver l'harmonie dans cette relation, cela demande un peu de temps car il n'existe aucun modèle sur lequel s'appuyer : il y a tout à ressentir et à créer.

Cette relation se construit sans concept, sans croyance, sans schéma, et chaque couple étant unique, chacun se crée sa propre relation, son propre univers, son propre fonctionnement. Cependant, le mot d'ordre reste l'amour inconditionnel, c'est-à-dire sans condition. Chacun est libre de vivre le lien comme bon lui semble, tout en respectant l'autre.

Pour laisser libre cours à ce qui se créera sans préparation, ni réflexion, voici un texte merveilleux du poète et peintre libanais Khalil Gibran sur la notion de couple :

Le couple

« Laissez l'espace entrer au sein de votre union.
Et que les vents du ciel dansent entre vous.
Aimez-vous l'un l'autre, mais ne faites pas de l'amour une chaîne.
Laissez-le plutôt être une mer dansant entre les rivages de vos âmes.
Emplissez chacun la coupe de l'autre, mais ne buvez pas à la même coupe.
Donnez à l'autre de votre pain, mais ne mangez pas de la même miche.
Chantez et dansez ensemble et soyez joyeux, mais laissez chacun de vous être seul.
De même que les cordes du luth sont seules pendant qu'elles vibrent de la même harmonie.
Donnez vos cœurs, mais pas à la garde l'un de l'autre.
Car seule la main de la Vie peut contenir vos cœurs.
Et tenez-vous ensemble, mais pas trop proches non plus :
Car les piliers du temple se tiennent à distance,
Et le chêne et le cyprès ne croissent pas à l'ombre l'un de l'autre. »

Khalil Gibran

Conclusion

Existe-t-il une conclusion sur un parcours de flammes jumelles ? Nous ne le pensons pas…

Aussi cette conclusion s'invite plutôt comme une ouverture vers davantage de conscience, de complétude et d'amour inconditionnel. Si vous êtes sur le chemin de flammes jumelles, alors ce livre est peut-être ce lien entre l'avant et l'après, ce point central qui évoque la renaissance du phénix qui sommeille en vous, cette écoute profonde de votre âme afin que vous soyez une âme puissante, éveillée et pleinement incarnée.

Rappelez-vous que vous avez l'éternité pour expérimenter car la flexibilité du temps vous laisse libre de jouer avec lui et ainsi cheminer selon vos désirs.

Continuez ce chemin, même si parfois vous trébuchez. Prenez le temps de vous relever et avancez encore et encore.

Bien que nous soyons de plus en plus nombreux sur ce parcours, du fait de la montée vibratoire de la terre Gaïa et de la nécessité de voir se réunir le plus grand nombre de flammes jumelles dans un dessein d'élévation spirituelle et vibratoire de l'humanité, il n'en reste pas moins que le lien qui unit chaque duo est unique et irremplaçable. Et votre union, votre rythme et votre amour pour vous et votre autre restent totalement uniques et indélébiles. Vous êtes l'âme multidimensionnelle qui a choisi d'expérimenter cette incarnation d'une manière puissante et avec l'envie de ressentir l'intrication quantique de l'amour inconditionnel et de l'alchimie énergétique.

Cet ouvrage se veut être avant tout un message d'espoir, d'amour et de partage. Dans cette période troublée de l'humanité, les flammes jumelles ont également une mission puissante de rayonnement de cet amour puissant et inconditionnel. En restant aligné pleinement entre ciel et terre, vous offrez à la planète et à l'humanité une ouverture majestueuse pour l'éveil des consciences aux valeurs primordiales pour l'avancée des âmes.

Brillez de votre pleine puissance, resplendissez de joie et d'accueil et surtout ne cessez jamais d'aimer !

Témoignage de Daisy

Pour conclure cet ouvrage, j'ai envie de partager avec vous ces dernières lignes sur ma flamme jumelle et moi. Depuis notre reconnexion, en 2012, nous n'avons jamais pu être séparées bien longtemps. Il y eut de nombreuses séparations mais le lien était plus fort que tout, plus fort que les souffrances. À présent, nous vivons avec une distance physique depuis quelques années, mais nous nous appelons très fréquemment – pour ne pas dire tous les jours –, dès que nous le pouvons ou le voulons. Nous nous voyons aussi de temps en temps. Nous sommes un couple de flammes jumelles donc un couple très moderne. Mais ce qui est magique, c'est cette connexion, même si l'autre est à des milliers de kilomètres depuis plusieurs années. C'est également cette compréhension que chacun est libre d'être et de vivre comme il l'entend. Et enfin, c'est cette paix intérieure, cet épanouissement que l'on a d'être Soi et de vivre pleinement notre mission. Pourtant, j'ai douté et j'ai moi aussi énormément souffert pendant mes trois années de nuit noire de l'âme. Je ne voulais pas accepter, je ne voulais pas renoncer à mes schémas limitants. À présent, je suis libérée et pleinement heureuse. Je suis autonome, indépendante, je suis heureuse de vivre la vie et de jouer avec elle à chaque instant. Il y a encore du nettoyage et je ne sais pas si un jour ce sera véritablement fini. Même si parfois je suis de nouveau happée par la course à l'objectif, je profite désormais de la vie que je parcours en pleine conscience – le plus souvent possible. Il n'y a pas de fin ni de commencement : je suis en chemin comme vous toutes et tous. Je sais combien ma flamme a été ma lumière dans l'obscurité. Combien je lui dois, je me dois et je nous dois ce que nous sommes aujourd'hui.

Témoignage de Julie

Pour ma part, ce parcours a débuté par une reconnexion en 2016 avec ma flamme jumelle. Après un burn-out accompagné d'une nuit noire de l'âme de près d'un an, nous sommes en pleine phase de séparation, dans le silence et l'absence de mon runner. Je n'éprouve plus de souffrance par rapport à cet éloignement, juste l'envie de vivre ma vie, de continuer à panser mes dernières blessures, et surtout de profiter de chaque instant pour me découvrir encore et toujours, pour m'ouvrir à ma pleine puissance de femme sacrée. La vie est devenue un bonheur de découvertes et d'expression de celle que je suis vraiment. Les traces des souffrances du passé sont sur le point de disparaître totalement et j'ai conscientisé à quel point ce parcours a été un révélateur incroyable de moi-même. Avec tout ce travail sur moi, je suis pleinement animée par un profond accueil et respect des choix de vie de mon jumeau. Il a droit au bonheur lui aussi.

Remerciements

Nous dédions ce livre à nos flammes respectives.

Merci de nous avoir tant appris depuis notre rencontre, merci de nous avoir montré le chemin, la lumière de notre âme. Les mots sont bien peu de chose pour exprimer cet amour inconditionnel, ce respect, cette puissance qui existe en et entre « NOUS ».

Nous avons traversé bien des vies et des défis… que rien n'a pu détruire, au contraire, nous nous sommes renforcés.

Un grand merci à tous ceux qui ont croisé nos chemins, ont contribué aux enseignements, aux pratiques et nous ont tant appris sur la vie terrestre et multidimensionnelle.

Nos remerciements vont également à ceux qui nous ont fait confiance dans l'accompagnement de flammes jumelles.

Merci aussi à ceux qui nous ont apporté nos premiers enseignements sur ce parcours, notamment Fabien Marchand, et ceux qui œuvrent *via* leur chaîne YouTube à offrir d'autres conscientisations sur la dynamique, notamment Priscilla Miracle, Sarah les états amoureux, Jammes Flumelles…

Depuis quelques mois, de nombreuses polarités yin ont ouvert également leur chaîne YouTube et nous enrichissent de leurs compréhensions, notamment Histoires de Flammes Jumelles et Les Flammes Jumeaux. Merci à vous tous.

Femme Sorcière qui parle aux fées et aux lutins, **Daisy Bodin** est depuis toute petite connectée au monde de la spiritualité. Nomade dans l'âme, elle parcourt le monde avec son baluchon et chevauche les terres aux énergies féminines sacrées. Médium et guérisseuse, elle aime créer des rituels et permettre à chacun d'entrer en lien avec son intériorité, son alignement parfait entre féminin et masculin, yin et yang, au rythme du tambour chamanique. Thérapeute et flamme jumelle, elle accompagne les flammes jumelles sur leur chemin, grâce à un protocole d'accompagnement complet pour parvenir à une union intérieure (harmonisation des différents corps physique, mental, spirituel et émotionnel) : soin énergétique, accompagnement dans les libérations émotionnelles, accompagnement médiumnique, cercle de femmes, cercle mixte…

Femme Sacrée et auteure aux Éditions Eyrolles, **Julie Bodin** aime transmettre par écrit les justes mots pour accompagner chaque femme sur son chemin sacré. Médium et praticienne Reïki / Lahochi, elle déploie ses capacités pour guider chaque âme avec douceur et bienveillance vers sa complétude. Tambour et hochet chamanique, rituels wiccans, roue de médecine sont ses outils de guérisseuse. Elle anime également avec bonté et compassion des cercles de femmes et des cercles mère-fille sur La Rochelle. Flamme jumelle elle-même, elle accompagne les flammes jumelles sur leur parcours initiatique. Avec sa sœur Daisy, elles ont créé Plumes de Gaïa, la boutique holistique dédiée aux Femmes Sacrées pour proposer leurs ouvrages et des coffrets rituels initiatiques et transformateurs, dans une démarche éthique et vertueuse.

Styliste et artiste, **Christine Chauvey** esquisse et façonne, d'un coup de crayon majestueux, les idées et envies de chacun. Passionnée par les médecines douces, elle explore l'énergie et le féminin sacré, qu'elle restitue en illustrations au cœur de ce livre.

Des mêmes auteures

Troisième tirage octobre 2022

Dépôt légal : septembre 2021
Imprimé en Espagne par GraphyCems

Cet ouvrage est imprimé sur du papier offset 90 g,
papier issu de forêts gérées durablement.